我有罪 我無罪

知言 著

目次

【各界名家好評】

這是一個有企圖心有實力的創作者，筆下的世界，不僅是一個故事，一個謎團，一個推理，更是一個思考與反省。推理作品要超越KILL TIME的身價，作家的人文深度就是關鍵所在。很高興看到，有創作者願意在市場掛帥的短視現狀裡，朝品質的路上開發走去。

——**陳教授**（台北科技大學文化事業發展系）

作者深刻了解警方組織編制與偵查案件的峰迴路轉過程，將複雜的案件，以深入淺出方式，帶領讀者認識刑案證物處理、偵訊、現場勘查、血跡噴濺痕、偵查管理、案情研判、犯罪心理實務操作範疇，文中對人性情感，如無奈、悲傷、愧疚等，深入刻劃描述，為國內難得一件的犯罪偵查小說。

——**曾春僑**（臺灣警察專科學校　刑事警察科助理教授）

身為警職人員，閱讀本書之後，對於作者在人物性格及背景的刻劃、事件情節的編排、犯罪偵查及跡證的模擬給予高度肯定。希望作者能持續創作高優質的作品。

——**臺北市警局 警務正**

家人親情、同事之誼、愛戀仇恨，種種的人際關係交錯參雜下，佐以誤會、衝動的元素後便炸裂出犯罪的結果。從檢警的辦案角度，引導讀者將各項不合理的證據與推論下抽絲剝繭，逐步還原事件真相。法律規範是為了保障誰？有罪的兇手？無罪的嫌犯？隨著作者的描述故事筆觸，可以帶來閱讀上更多的思考空間。

——**哲儀**（世新大學法律研究所碩專生）

作者對於犯罪現場的描述鉅細靡遺，也相當熟稔台灣警方辦案程序，有別於歐美翻譯小說充斥著的濃濃美式辦案風格，更有親切感。在〈我無罪〉篇章中以被害者視角出發的巧思，引領讀者進入案件本身，更是難得一見的敘事手法，饒富興味。誠摯推薦給各位！

——**林大任**（長庚大學生醫所博士）

我有罪

王說：將活孩子劈成兩半，一半給那婦人，一半給這婦人。
活孩子的母親為自己的孩子心裡急痛，
就說：求我主將活孩子給那婦人吧，萬不可殺他！
那婦人說：這孩子既不歸我，也不歸你，把他劈了吧！
王說：將活孩子給這婦人，萬不可殺他；這婦人實在是他的母親。

《聖經・列王紀上》第三章第二十五至二十七節

因為真正的母親出於本能將保護她的孩子。

光線昏暗。寂靜無聲。
窗外，天邊開始泛起一抹清白，鳥兒吱吱喳喳地在枝頭跳躍。
屋內，只有那定音鼓般低沉穩重咚咚聲響徹耳際。鼓聲，由慷慨激昂，漸趨到平穩，到緩和。
劉永安鬆開了手，感覺到一團彷彿是帶有餘溫的冬天厚重羊毛被癱頹在自己腳邊。
緩了緩呼吸，低頭看著自己那泛白且僵硬的手掌。
原來剛剛，那不是鼓聲，是自己的心跳聲。
轉個視線，看著滑落在腳邊的「東西」，那東西雙眼大睜，盯著天花板，眼中已無生趣，脖子上一圈泛白的掌痕。它曾經是梁欣怡，現在只是一個軀殼。
身後一扇緊閉的門內，傳出微弱的被褥摩擦聲。
劉永安倚著牆，滑坐在地上。眼睛鎖著屍體，耳朵聽著門後的窸窣聲。直到大門旁的鐘盡責地報出時來。

六點。還有時間。

劉永安深深吸了一大口氣，站起身，替梁欣怡披上落在一旁的長風衣。接著，從一旁的房間中，拿出一只二十九吋的行李箱，繼續被中斷的打包。

1. 週一，晚間十點

夜深，看不見星月，店家多已拉下鐵門，剩下便利商店的燈火還安分地亮著，路上只剩些許人車。

劉永安下了計程車，徒步一小段。看著眼前燈火通明的警局。

這不是他第一次進警局，這，也不是他到過的第一間警局。在暗夜時分造訪燈火通明的警局，這也不是第一次。過去五年，有多少個晚上，他就這麼在警局外等待著。從騎兩輪機車等到開四輪轎車，無論颱風、下雨、寒流、酷暑，多少個夜晚，他孤寂的等著，安靜地餵飽了警局外無數蚊子家族。

但今天，將會是與警局的最後一次接觸。

進去，就不會再出來了。

劉永安拉扯一下衣服，這衣服，陪他奔波兩天，已皺得不成衣形。扯過衣服，劉永安習慣性拍了拍該揹著背包、現在卻空無一物的右肩。從牛仔褲後口袋中掏出皮夾，拿出身分證，連同住家鑰匙，放進外套口袋。

接著，腳步堅定地踏上警局的臺階。

「呦！永安，又來接人了啊？」坐在值班檯、身著制服的員警，熱絡地的招呼著，接著想起什麼來似的，驚訝卻疑惑地問道：「咦，不對啊？你們、你們現在不是應該在日本嗎？」

「沒去成。」劉永安淡淡地說。

「怎麼？又吵架了啊！還是你又忘了訂飯店、機票？」一位穿著印有警局標誌的T-shirt、防風防水運動褲、頭髮花白的男子，從樓梯下方的茶水間探出頭來問。

「是……也不是。」

「婚姻之中本來就會有很多摩擦，照顧孩子也不是一件輕鬆的事情。夫妻本來就是要多多溝通，相互忍讓。」頭髮花白的男子走向劉永安，「況且，她的工作，無論在工作時間、工作份量跟責任上，跟你的相比，本來就有很大差異。永安啊，你應該多多體諒她，好好跟她溝通溝通才是。」

「嗯。」

「不過，」值班檯的制服員警疑惑地問，「她人也沒在這裡喔！」

「我知道。」劉永安掏出準備好的身分證跟鑰匙，放在值班檯的桌上，「我不是來找她的，我是來自首的。」

自首？

「昨天清晨六點，我在家中掐死了我的妻子梁欣怡。這是住家鑰匙。我同意夜間偵訊。我拒絕律師的協助。」

這是劉永安講的最後一句話。

2. 週二，上午六點半

李明克小隊長四下張望，盤算著溜離開辦公室的好時機。假單早就遞了，上級也核准了，職務代理人也簽了，工作也交接了，較為繁雜或是緊急的公文與報告也在整夜的熬夜趕工下完成了，是可以光明正大理所當然休個假。

從警校畢業下單位這十多來年，這是第一次請超過一週的假。除了例行的排休、年假，以及偶爾為了參加同學或同事的婚禮，過去李明克可從未為自己請過一天假。若是生病感冒，也是熬到輪休時才找醫生；至於受傷，真的是感謝佛祖保佑，從警以來，除了扭傷、拐傷，倒真的沒受過什麼非請假不可的大傷。至於為了領到全勤而必須要請完的假，也只是請個名義上的假，實質上還不就跟上班時間一樣的到處走訪、查察。

第一次，一口氣，把一整年的假都給請了。在現在這個節骨眼，無論發生什麼事情，都不可能讓李明克銷假。

拉開抽屜，捧出一本全新的護照，上週才辦下來的。翻著嶄新、空白、還有一點「燙燙」的護照，李明克心中有說不出的悸動，還有擔心。

「沒有去辦簽證，這裡面沒有簽證，真的可以進英國然後轉到歐陸嗎？」

沒辦法，上回辦護照是十年前了。那是一本寫著慘澹記憶的護照。

那時李克明是菜鳥一個，在執行酒駕勤務的時候攔到地方某民代的兒子，對方不止酒駕，還是爛醉。李明克依法把醉鬼給移送。沒想到，第二天早上，那位民代不僅到警局飆了一場，還要求警局必須嚴加懲處李明克這個不識相的菜鳥。

當時的李克明，正值第一次基層刑事警察人員考試沒有通過、第二次考試結果還沒公布，人一直安定不下的關卡，又向交往多年的女朋友提出分手，現在又倒楣到得罪民代，李克明當時心裡感覺真是超級窩囊。原本，這一口氣怎麼樣也吞不下去，想著乾脆辭職，飛去美國、把女友給追回來，於是，很帥的辦了本護照。只不過，真要辭職還得先算算得繳回多少賠償金，想出國把女友追回來，除了護照還得辦簽證，慘的是那簽證表格是英文字母滿紙飛，卻沒一個單字認得李明克。堂堂男子漢一個，口袋空空、不想求人、人脈沒有，李明克只能收起護照，摸著鼻子就把那窩囊氣吞下去。

「沒有簽證，不會被遣返吧？」李明克臉上寫滿焦慮，「搭火車都有車票了，搭飛機竟然沒有一張機票，這上得了飛機嗎？」

李明克不想問人這些問題，他一點都不想被同事們知道自己是沒搭過飛機的「鄉下土包子」。

從遞出請假申請至今，李明克想盡法子低調，不讓同事們有機會揶揄自己是「摩登原始人終於要出國」。現在，絕對不能功虧一簣。所以，離開的時間萬不能被同事看到，免得被毒舌。

眼看四下無人，電梯也好一陣子沒有移動……就是現在！走人。

李明克輕手輕腳地將椅子推收進辦公桌，拎起車鑰匙，躡手躡腳地往門走去……

「明克嗎？」

「是——」李明克瞬間憋住氣，從牙縫中擠出聲音來。

「進來一下。」

「是！副大隊長！」

李明克看看手機上的時間，癟著嘴，心中不甘不願地進了泡茶間——副大隊長的專屬個人辦公室。

「假是從今天開始請，對吧？」王嘉鴻溫著茶具。

「是。」

「幾點的飛機？」

「報告副大隊長，晚上十點五十五分。」但是我行李還沒收。

「這樣……」王嘉鴻抓了一撮一撮又一撮的茶葉放入茶壺中。

看到平常對泡茶講究到計較分毫，連水溫都得剛剛好的副大隊長，現在取茶葉取得如此失神，李明克心知大事不怎麼妙，副大隊長此刻絕對不是在表現對準備休假的部屬的關懷。

「王副，請問是有什麼指示嗎？」

就慷慨赴義吧！

「確實是有件案子。分局堅決要自己解決，市警局的警政監也堅持介入指導辦案。」水還沒滾出魚眼大的泡，王嘉鴻就將熱水注入茶壺，超反常。

「既然分局認為自己可以解決，而且也沒有要求我們的支援……」

「這個案子，表面上，讓分局自己處理並不會是問題；但實際上不然。」茶葉還沒泡開，王嘉鴻就將茶湯濾了，「自己的同事被殺了，承辦人員再怎麼督促自己要公正行事，總是會有偏失。這種案子，本來就應該要由其他單位支援偵辦的。」

「是。」原來是有員警被殺害，果真是個棘手的案子。

員警遇害，雖然不像員警參與犯案那般的震撼社會，也不會出現「社會觀感不佳」、「影響警方士氣」這種社會評價，但對於員警們的傷害亦不容小覷。

這種案子辦起來也不容易。畢竟被害者是自己的同事，即便分發在不同的縣市、不同的單位，都還是有交情，若不是同梯、曾經在同轄區，就是學長學弟的關係。因此，辦案過程中不免會參雜情緒，容易造成社會質疑警方執法的公正性。

不過，李明克稍覺得疑惑。整個晚上他都在公司趕著公文，怎麼連丁點訊息都沒聽到？

「再來就是，案子發生在市新任警政監楊鈺蘭之前待的分局。所以，她不但越級干涉辦案，還指導偵辦方向。」王嘉鴻眼神失焦地盯著滴入茶海的茶滴。

「王副……」

聽到這裡，李明克心中，就像劇烈搖晃過的汽水一般，噴冒出無數個問號。如果楊警政監是這麼樣地「強力介入」，怎麼一整個晚上沒聽到任何消息？再來，楊鈺蘭的風評，一向可議；她這麼地積極，必然有問題。

「當然啦，」王副大隊長依舊像自言自語般地說，「行兇者主動走進警察局，自首說他殺了人，還給了警方進入命案現場的鑰匙。初步偵查也發現，死者是被掐死的，證實了行兇者的自首內容。」

兇手自首、現場主要證據大致符合，那還有什麼值得令王副大隊長如此失神、憂慮的？

「行兇者願意接受夜間偵訊，同時拒絕律師到場，然後，」王嘉鴻抬起頭來，眼神聚焦的看著李明克，「從昨天半夜自首到現在，沒再講過一句話。」

咦疑？

一般而言，拒絕律師大多代表嫌犯有大鳴大放的慾望；接受夜間偵訊的，也多是希望一吐而快的。怎麼會從自首以來，連一句話都沒再說？而且，警政監還積極介入指導偵辦方向。這，當中似乎真的有些不尋常。

「跟據法醫初步的相驗結果，死者死了至少一天了；鑑識的也認為，現場應該有被收拾過。因此，在這至少一天的時間中，行兇者究竟到了哪裡、做了什麼、收拾了哪些東西，甚至行兇動機是什麼。這些疑問，兇嫌啥也沒有回答。」王嘉鴻再將茶壺注入一回熱水。

「會是替人頂罪嗎？」李明克皺著眉思考著所有的可能。

「不知道。我只知道那孩子，不是個會殺人的人。」

「那，孩子？」李明克瞪大了眼。

「行兇者是我小兒子的朋友。」王嘉鴻無意識地一直點著頭又搖著頭，「他們夫婦二人本來這兩天要去日本，順便去找我兒子的。昨晚昱辰打來，要我查他們夫婦人在哪裡，因為……因為永安不只沒去找他，連行動電話、家中電話都打不通。」

王嘉鴻嘴唇一開一合，似乎找不到合適說出口的句子。

「昱辰挺著急的，說他已經想盡了一切辦法找人卻都找不到人，所以要我……我知道永安他老婆是警察，大概知道在哪個分局。昨晚打過去了，一問才知道……永安跑去自首說他殺了他老婆，這……」

「所以，王副，您的意思是要我……」

「剛才稍微聯絡了那邊，關心一下情況。分局那邊說，今天傍晚就會移送，楊警政監要求要在邱義榮檢察官值班時把人送進去。」

邱義榮檢察官在警界「頗負盛名」，特別在於他非常樂意配合並協助警方，完全信任警方提供的證據，並極力將警方認定的嫌犯定罪這一點，就獲得不少員警的愛戴，個個想盡辦法就是要將案件交給邱檢察官。

「所以，王副，您的意思是要我過去接辦嗎？這樣，合適嗎？」李明克面露困難樣。

「唉。全單位上下，最不容易被私人情緒影響辦案的就是明克你了，你也是最不會有先入為主的想法、證據走到哪裡案子辦到哪裡的人。」王嘉鴻倒了一杯茶給李明克，「而且，你的假從今天開始，去那裡稍微稍微瞭解瞭解案子發展，也比較不會引起紛爭。」

「可是，王副，這樣做，好嗎？」

「就幫我個忙，算是讓我老人家安心吧！永安差不多是我的乾兒子啊！過去，在昱辰去日本畫卡通之前，幾乎年年寒暑假都跟我家昱辰窩在一起。你也知道，我這個當警察的老爸，幾乎不在家，幾乎沒時間陪兒子。啊寶貝兒子沒走偏，靠的就是永安。就幫我個忙，就算是、就算是、就算是我這個做乾爹的，這……唉。」

王嘉鴻眼眶泛紅，不斷地眨著眼，嘴唇微顫。

「王副，」李明克看了也心有不忍，「我等等就過去那邊瞭解一下狀況。」

「好，好。」王嘉鴻點點頭，又搖搖頭，「如果永安真、真犯了案……就幫忙看看證據足不足，然後，然後，幫我勸勸他一定要請個律師。如果不是永安，就，也幫忙看看證據指向誰吧。」

「是。」李明克向王嘉鴻點了頭應了，「王副，嫌犯是什麼時候自首的？」

「昨天晚上，好像十一點的時候。」

「所以，」李明克看看牆上的鐘，現在正好七點半，「到邱檢察官值班，還有十個小時。」

「明克，拜託你了。」

3. 週二，上午九點

在距離分局不遠處，隨意找了個車位停著。

從車門置物槽拿起離開公司前印出的文件，翻閱。

一想到副大隊長王嘉鴻強忍悲痛地模樣，李明克實在想不到拒絕的理由。

王嘉鴻也講得很明白：若劉永安真是行兇者無誤，那就確保證據完整的，畢竟自白不能當作唯一的證據，只憑自白定罪更危險。如果劉永安是替人頂罪，那就設法透過證據把真兇找出來。

說來容易，做起來難啊！該怎麼做？該從何下手？

特別是當死者是名警察，嫌犯還是到死者服務的分局自首，分局沒有要求支援，而且市警局的高層直接指導辦案的時候。比起高層，李明克不過是個微不足道的小隊長，而且還在「休假中」。現在這個情況，李明克能跟分局的員警們平和地說上兩句話，就謝天謝地了。

受人之託，忠人之事，還有時間限制。李明克拿出手機，設下計時器，倒數八個小時。

「唉！然後我行李還沒收。」李明克嘆了一口氣，「說倫敦會冷，巴黎會熱，我到底得帶哪些東西啊？」

癟了癟嘴，李明克開始翻閱人事資料。

被害者梁欣怡，二十九歲，結婚一年半，育有一子。孩子一歲多。

大一休學，報考警校。警專畢業後，先後在臺北市大安、松山分局服務。之後，考取警大警佐班，訓練期滿之後分發到南港分局，服務要滿二年。

人事資料上註記的語言能力，英語是多益七百五十分，日檢有N２。資料上還註明目前在私立大學在職專班進修。

至於梁欣怡的家庭背景，父母註記是自由業，沒有特別寫明行業別。有一個哥哥，現在正服替代役。

看起來就是個普通家庭出生，認份又有一點積極的員警。

李明克在刑大能夠偷偷私下調出來的資料就這麼多了。其他的，看來得硬著頭皮跟分局的同事們聊聊才行。

本來臨離開前，也想調調劉永安的資料，無奈現在個資法管控嚴格，李明克也不是承辦人員。關於劉永安的資料，就只有王嘉鴻形容的「很乖的孩子」，還有王嘉鴻的兒子王昱辰的聯絡電話。

原本不想浪費時間，打算在前來分局的路上，跟遠在日本的王昱辰聯絡。但是，王副大隊長千叮嚀萬交代，說什麼他兒子的公司早上有固定的會議還是會報的、日本的公司眉角又多、好工作難找等等，希望李明克在中午午休時間再聯絡。

王嘉鴻這位前輩，在警界的貢獻是有目共睹的，但其背後的犧牲也是不少，整個家庭關係都因為工作而犧牲掉了。今天，自己的兒子在日本有個還算像樣的工作，因此王嘉鴻認為，天下沒什麼事情比保住兒子的工作還要重要，是可以理解的。

李明克看了看儀表板上的時間，現在時間九點不到半，日本比臺灣晚一個小時。距離能聯絡王昱辰的良辰吉時，還有至少兩個小時。還是臺灣比日本晚一個小時？

「算了！」李明克闔上資料夾，「就進去討罵吧，反正最糟最糟就是以後離這邊遠一點。求老天保佑，這區別發生奇怪的案子，也別有邪惡的要犯窩在這一區。」

叩叩！叩叩叩叩！急促的玻璃窗敲擊聲。

李明克轉頭一看，欣喜地搖下車窗，心中大喊著：『哈雷路亞！阿門！阿拉！阿彌陀佛！』

「小趙！」

「叫趙組長啦，李小隊長。」

「小趙——！」

「叫魂啊！喏！」趙司博塞給李明克一杯便利商店的熱咖啡、兩包砂糖跟一球奶精，「早早就看到你停在這裡了。他們有要求支援嗎？」

「沒，但，王嘉鴻副大隊長要我繞過來看看。」李明克接過杯子，夯不啷噹地把奶精跟糖倒入黑咖啡中，「你怎麼在這裡？」

「防治組，組長，昨天才報到。」趙司博丟給李明克一個御飯糰，「所以，啥也別問我，問我也沒用。死者跟我過去沒有共事過，她，我只見過一兩次，認得臉，就是臉跟名字還對不起來的那種，完全不熟。這次的事情，我是外人，跟你一樣。」

李明克狠狠咬了一大口御飯糰，昨晚錯過了晚餐之後，就是亂吃抽屜中庫存的餅乾零嘴，現在可餓著。

「裡面亂翻了。」趙司博把李明克車子的車頂當成餐桌，替自己的大亨堡加料，「交通組的組長蔡彩貞，從昨天晚上就開始大呼小叫的，跟梁……梁什麼的交情不錯的女警們，都哭得唏哩嘩啦的。」

「有在查嗎？」李明克塞了滿口的飯糰問。

「應該是有在查。嫌犯自首，也聽說現場初步勘查情況也符合自首時的陳述，之前的分局長、現在的警政監也電話督導指揮……」

「非常認真地在立案。」李明克接了話，「並且會將案子轉給邱義榮檢察官協助定案。」

「是！警檢一條心，非常、非常、非常認真地在立案。」趙司博附議，又說，「你有聽說楊警政監之前辦的一個案子，被被告的辯護律師整個踢翻的事情嗎？」

「有。不過細節我就不知道了。」李明克將御飯糰的包裝袋揉成了球狀。

「一個女的自述被前男友下藥性侵還拍了裸照。楊她只對提告人製作筆錄，沒有採集下體跡證，沒有抽血，也沒有將被性侵當時的衣物、床單收做證據。整個案子就只靠著女方的證詞，遺留在現場的幾張拍有裸照的拍立得，還有一個丟在垃圾桶中不知道多久的、有前男友精液的保險套，就把案子移給邱檢。邱檢也沒複訊，也不懷疑為什麼一個自稱被下藥昏迷而毫無知覺的被害者能夠清楚地說明性侵嫌犯『自備一盒全新保險套，拆開，戴上』，不但完全接受楊警政監移送的內容，還藉著雙方一兩則往來的簡訊，解釋犯罪理由為『男方因為不甘被甩，所以下藥性侵拍照』，然後以加重強制性交罪提起公訴。」

「後來是怎麼翻的？」

「前男友在案發時刻根本在十萬八千里以外的地方。對方剛好是重大連環車禍中某輛車的乘客，被警方留下來做筆錄。」趙司博露出嘲諷的笑容，「性侵案當然被踹翻。」

「當證據充分但是理由不足，或是理由充分、關鍵證據紮實、但是沒有其他證據支持的時候，邱檢確實是位很願意與警方合作的檢察官，而且非常樂意以最重罪名提起公訴。」李明克無奈地乾笑兩聲，「但是，當警方過於堅持己見，忽略證據充分程度的話，真的就會出大問題。」

「這次就會是個問題了。」

「邱檢座一向以身為警方強而有力的後盾為傲，警方只要有一分證據、兩分懷疑，邱檢一定可以找到那失落的七個環節、補足犯罪細節，讓嫌犯能以最高刑責判刑定讞。」李明克哼哼地笑著，「不然，小趙你認為，王副一聽說警政監指揮辦案、指定一定要移送邱義榮之後，就急忙要我過來看看，擔心的會是什麼。」

「是。」趙司博上半身探入李明克車內，摸了兩張衛生紙。

「竊盜現行犯。」

「怎樣！咬我啊！」趙司博擦了擦沾上酸黃瓜醬的手，「蔡組長一聽到她的寶貝巡官被掐死，就堅持兇嫌一定是預謀殺人，而且必然是計畫了非常非常久。」

李明克吐了一口長長長長長的氣。

「現在裡面亂成那樣，任何一個被他們認為是『外人』的人如果想要介入，那問題就會鬧很大。」趙司博關心地問，「明克，你確定你要進去蜂窩裡攪嗎？」

「所以王副才要我來啊！因為實際上我現在是休假狀態，如果真有爭執，隊上可以說是我自己……」

「雞婆。」趙司博接了話，「不過，臺北市誰不知道你是從來不休假的，休假？誰信你？」

「我有機票可以證明，」李明克忽然心虛，「但是我手上沒有機票。」

「那，登機證存根記得留好。現在都是電子機票了，確實手上不會有機票。」

「登機證存根……」李明克咀嚼著這個他有聽過卻也完全陌生的名詞。

趙司博看著李明克有點奇怪的反應，忽然眼睛一亮。

「明克，第一次出國喔？」

李明克尷尬地點了一下頭。想盡辦法想避開這種話題，沒想到功虧一簣。

「去哪裡？日本？香港？泰國？」

「英國，然後轉歐陸。」

「跟團？那就沒什麼好擔心的，記得跟好團長、別走丟了就好。」

「不是，是，機……加酒。」

趙司博冷冷地睥睨著李明克，接著摸出自己的皮夾，從皮夾中掏出一疊大概十張的名片。

「給你，隨身物品中到處放，身上也放個兩三張。」趙司博說，「記得多帶一點泡麵。」

「是跟一位在國外生活過多年的朋友一起出去。」李明克接過名片，「不過，為什麼需要帶泡麵？」

「因為國外的食物你不一定吃得來。」

「不過，沒去辦簽證真的沒關係嗎？」

「沒關係，進得去的。」趙司博說，「如果被遣返的話，我會去接你的。」

李明克作勢關上窗戶。

「哈哈哈！開玩笑的，別關窗啦！開窗開窗。」趙司博笑著說，「我想，應該有人告訴過你，英國跟歐盟對我國採免簽證入境吧？這可是我們總統常說的政績耶，政策宣導也很久了，不是嗎？」

「聽別人說，看宣導，跟自己要出國，這是三個截然不同的層次，」李明克頭枕上頭靠，「總會擔心自己有可能被海關攔住、過不去。」

「幾點的飛機？」

「晚上十一點起飛。」

「呦！那時間還綽綽有餘。他們，」趙司博揚起下巴指著分局，「最快也要晚上六點才會移送到法院。你可以督到案子移送了，再去機場，都還來得及……」

「我行李還沒收。看了清單還是不大明瞭該收什麼。」

「嗤！」趙司博忍不住笑，「那你還是快點去捅蜂窩吧！」

「唉！」李明克關上車窗，熄了火，下了車。

在確定車門上鎖後，李明克伸手抓住趙司博的右肩。

「這個蜂窩，你陪我捅。」

「別鬧我了！你有刑大跟休假當擋箭牌，我才剛來，而且最少得待上個三年。」趙司博噌了一聲，「我頂多偷偷幫你調資料、陪你跑點，順便幫你列行李清單。案，你自己慢慢查。」

「成。」李明克應下了，「對於死者或是兇嫌，有什麼可以先讓我知道的嗎？」

「我昨天才來，那位梁，前天早上就被殺了，所以我能告訴你的都是我徹夜聽來的四方說法。」

「也好。當作參考。說說你聽來的四方說法吧。」

「簡單可以歸納成三個方面，或十二個字，以及一則備註。」

「哪三方面？」李明克豎起耳朵準備接收。

「靠北婆家、靠北老公、靠北男友，十二個字。」

「所以我眼前的這棟樓是臉書臺北總部？」

「不，只是靠北男方系列的營運總部而已。」趙司博回答，「至於備註，就是，傳統與現代價值觀的衝突—職業婦女在工作與家庭之間的煎熬。」

「論文題目喔？」

「是的話也是前女友的。」趙司博揚了揚額頭。

「那現任女友的呢？」

「出血性登革熱病毒與養樂多……在藥品加工過程中對品質控管……的影響。」趙司博陷入痛苦的沉思。

「這個題目聽起來挺亂掰的。」

「我也這麼認為。別跟我女友告狀，不然她會拿我去餵兔子。我有十個腦袋也沒法懂她的工作內容。」趙司博嘆了口氣，「進去以後，明著我可幫不了你太多。先帶你去交通組。」

分局裡頭果真一團亂。每個人臉上的表情，若不是難過中帶著憤怒，就是憤怒中帶著難過。不過，一看到李明克走進了分局，全都變成了憤怒中帶著憤怒。爬著樓梯上三樓，沿路接受著來自四面八方的注目禮。李明克充分感受到所有人對於自己到訪的排斥力道。

方過了二樓，就聽見上方傳來急促的「喀喀」鞋跟聲，伴隨著一團「咚咚」的腳步聲。

「交通組的蔡彩貞，」趙司博轉頭對著跟在後方的李明克說，「小心一點。」

「我們沒有要求支援，你憑什麼過來這裡。這個是我們分局自己的案子，不需要你們這些搞不清楚狀況的人過來指指點點。」

尖銳、高亢、急促的女聲，缺乏韻律的句子，就這麼一箭箭飛到李明克的頭上。

趙司博給了李明克一個『你保重』的眼神，接著就大步一跨三階地躍上了三樓，消失在一個轉角處。

「蔡組長嗎？我是市刑大的李明……」李明克伸出手。

「我知道你是誰。」外表看起來六十歲、抹著三十歲的妝、剪個有一點塌的鮑伯頭的女士，伸出右手直指李明克的鼻子，「死的是我的人，案子我自己辦！你憑什麼過來干涉我們？還是你要教我們怎麼辦案？」

「蔡組長，我沒有要干涉你們辦案的意圖，我也不是要來教你們怎麼辦案的。但是，這個案子的狀況太特殊，又涉及到偵查的公正性，還有辦案的嚴謹，多一點不同角度的看法，是會有幫助的。」李明克連忙說明，「兇嫌如果真的那麼心狠手辣，您也不希望他因為證據的不周全，所以被輕判，讓梁巡官死不瞑目，讓梁家人往後的日子過得痛苦吧？」

蔡彩貞依然怒視著李明克，但是至少開始願意讓李明克說話。

「蔡組長，其實，我現在是休假中。副大隊長要一個放假中的我過來，就是，就，就不是要我接手調查，而是來協助你們的，協助確保找到的證據足以支持嫌犯的犯罪行為，確保找到的證據沒有重大瑕疵。」李明克一口氣把話掰完。

蔡彩貞原來怒紅的臉色慢慢恢復成膚色，呼吸也平緩了許多。

「我只是來協助確保證據的周延。我完全不認得死者，也不認得犯罪嫌疑人，因此更能夠確保相關證據在法院上能站得穩。蔡組長，」李明克誠懇地說，「畢竟，嫌犯是在昨天半夜自首的，現在距離移送並開完庭的時間已經不多了。多一個人，多一分力量。我真的只是來幫忙的，沒有其他。」

蔡彩貞看著李明克，閉上眼睛思考了幾分鐘。

「好吧！」蔡彩貞說，「但是你要搞清楚，這是我們的案子；而那個混蛋畜牲，不知道預謀殺妻預謀了多久！」

「謝謝組長。」

李明克鬆了一口氣，艱難的第一關總算平安過關了。但是，後頭的關卡更是麻煩。

如果劉永安真的是冷血、狡詐的犯罪者，而且證據也能支持，那麼王嘉鴻副大隊長不知道會難過到什麼程度；但是，如果梁欣怡的死亡另有原因，又或者劉永安真的是替人頂罪的，那又該怎麼跟整個分局的「同事」周旋？

「所以，李小隊長，」蔡彩貞咬牙切齒地，「你打算怎麼幫忙？」

「這個，想懇請蔡組長協助我認識梁欣怡梁巡官。」李明克面露誠懇的笑容，但卻以誇張的肢體動作，展示他只是隻身前來，什麼都沒有帶。

「欣怡，是個非常優秀的員警，而且非常積極上進。」

看到李明克兩手空空，蔡彩貞感覺到李明克「只是來協助偵查」的誠意，開始願意接受李明克的「協助」。

「怎麼個優秀法？」李明克問。

「一個女性，能照顧好家庭，扮演好好女兒、好母親、好太太、好媳婦的角色，還在警界這麼陽剛、責任重、少彈性的工作環境下完成交辦的任務，還在工作之餘到研究所進修。這難道不優秀嗎？」講到此，蔡彩貞聲音顫抖了起來，「欣怡何止能完成上級跟我交辦的事項，連同其他組的業務她都能勝任。」

看來還頗符合趙司博那個瞎掰的論文題目。

「其他組的業務？」

「拜轄區內國家級醫療單位跟國家級研究單位之賜，我們這個轄區外國人多，外事科的向來堅持要到場，但是支援又不足。每次遇到外國人搞飛機，一堆人就只得在那裡枯等、雞同鴨講、比手畫腳的。」蔡彩貞哼了一聲，「其他轄區還比較好，區內講英文的至少都講得字正腔圓，不會講英文的大多是懂一點中文的外勞，外事的愛拖延沒關係，至少還可以叫其他單位、叫仲介的過來。但我們這裡，一堆自己覺得很高級的印度仔，英文也不學好一點，來臺灣了又不屑學中文，防治組的又愛來不來的。」

「所以？」

李明克的表情認真又誠懇，心中卻不自覺地的開始推想：印度裔的研究學者的英文究竟有多難懂？趙司博那個單位究竟有多難搞？

「欣怡花了很多的私人時間，幫外勤同仁製作外文小卡。至少在等待高傲的外事員警駕臨協助的空檔，可以對於事務進行初步的處理。」

「確實不是份內的事情。」李明克點點頭，又問，「那您說的進修又是指？」

「與警務或業務有相關的、在國際上的研習會或研討會，即便是全額自費，欣怡也爭取出席；即使挺著個大肚子，也不放過任何接軌國際的機會。」蔡彩貞心疼地說，「就是這樣子的認真、賣力。」

「挺著大肚子還出國自費參加研習。嗯。」李明克追問，「應該是會議形式那種靜態的研習營吧？」

「怎麼樣？你們男人就是對懷孕的女人有意見是不是？就是覺得懷孕的女性什麼事情都做不好，就得當個生產機器給你們男人生後代是不是？」

「不！我不是這個意思！我……我……」李明克連忙搖著手，腦中趕緊思考能平息這種男女爭執的可行方式。

「你們男人沒機會懷孩子，所以你們男性根本沒辦法理解職業婦女的兩難，你們不能理解職業婦女為了孩子可能必須犧牲工作上發展的機會的那種痛，你們也根本沒有辦法體會職業婦女在工作的同時還得要照顧家庭以及孩子的健康的那種精神折磨。」

「是，是！我尊重而且也心疼這種付出。」李明克完全不想在這個時間點節外生枝，「國際上的研習有靜態的會議也有動態的訓練，由於我本人並不認得梁警官，所以我想要瞭解，她是參與哪一種類型的。」

「都有參加。一年多前，欣怡警佐訓練結束分發到這裡之後沒多久，原本要去美國參加為期兩週的反恐研習的員警，因為小孩重病住院，無法參加。想要在醫院照顧孩子，這個想法是很好啦！但是，也不想想，分局是怎麼樣子地栽培他、幫他爭取出席的機會，還替他爭取到全額公費。又不是沒有老婆，又不是沒有爸媽……」蔡彩貞臉上堆滿著對於男員警的決策鄙夷的表情。

「確實，公文往返的確是非常麻煩的事情，特別是牽涉到差旅費等支出。」李明克點頭回應著。

「唉！你才知道。我真不知道為什麼七年級生的員警怎麼可以這麼的任性、不識大局。」蔡彩貞非常失望樣地嘆了口氣，「當時時間緊迫，沒有人有辦法勻出時間去參加，只有欣怡抓住機會，要求前去，而且還表達說，所有的報名費、旅費、住宿費等，全部都不需要單位補助，十多萬全部自己出，就這麼去參加了。」

「確實非常積極。」

「她說，這樣一來，只需要行文去更改出席人的名稱就可以了，不必增加單位同仁的公文負擔。看看，這個女孩，是多麼地貼心啊！」

點頭如搗蒜的李明克，心中卻覺得奇怪，這種公文，就是行文者自己寫好，其他上級單位人員的工作就只是簽「核」或「不核」。更改出席人員並取消補助的公文，是一份；更改出席人員並更改補助人員的公文，也是一份。『決定自費不申請補助』，真的有省多少公文功夫嗎？

「結果，唉，這就是職業婦女的難處，」蔡彩貞沒看到李明克的疑惑，繼續回憶，「當時欣怡已經懷孕四個月，肚子還看不出來；又是單位的新人，所以大家也無從察覺她身型有任何改變。從得知可以參加到研習開始的時間又很短，原來報名的同仁又已經成天在醫院照顧孩子，所以也沒看到那場研習是有實際戰術訓練。結果研習還沒結束，就動到了胎氣，差點流產。在美國安胎安了四個月。生完才回來。」

「真的為了工作犧牲很大。」李明克憐惜地說。

「這就是你們男人不負責任的地方。事情沒有交代清楚，就一卡車丟給別人去承擔，難怪現在這麼多沒辦法結婚的未婚媽媽。」

「所以孩子是生在美國？」李明克不理會蔡彩貞奇特的邏輯。

「對。」忽然，蔡彩貞又像想到了什麼似的，又開始尖聲指著李明克，「但她不是在美國當貴婦那般的成天躺在床上安胎的喔！她可沒有最近那些在醫院安胎的女明星那般的好命喔！欣怡她是充分地利用時間，來準備申請研究所。找了一間只要資料審查跟面試、跟網路犯罪有關係的在職專班。他們很需要我們警界的人才去增加他們的視野，所以非常需要欣怡這樣的人才，所以讓她以視訊面試。」

「蔡組長，您真的是個好組長，您對於欣怡這位下屬的事情，瞭解得還真詳細！」李明克一臉尷尬地說，「我小隊上的組員，我有時連他們昨天穿什麼衣服都不記得了，更別說這種……這種……這類……的事情。看來，我得好好跟您學學。」

聽到李明克的恭維，蔡彩貞露出笑容，還略帶些少女般的害羞表情。

「欣怡，她精通英、日語，她盡力學習，她與國際最先進的警務工作接軌，所以是我們組上的，不對，是警局的人才。還有在在職專班進修。」蔡彩貞又一臉憂傷，「網路犯罪是未來的趨勢。你看看，她是這麼樣子地為自己如何勝任警察這份工作在做思考跟安排。」

蔡彩貞撫著桌上一臺看起來很新的電腦，眼淚就撲簌撲簌地滴了下來。

「請問，那臺電腦，是梁欣怡的嗎？」

或許裡面會有些與劉永安有關的證據。

「不是，」蔡彩貞吸了吸鼻子，「是我買給我兒子的電腦，麻煩她幫我處理軟體的。我比我兒子更知道他該需要哪些軟體，這樣他就不會浪費讀書的時間去搞電腦。上個月他自己買個電腦，結果弄了一堆什麼PS、什麼Cad的，該用的google跟yahoo跟email，還有什麼金山防毒的電腦保護，都沒有給我裝進去。所以，我決定要繼續好好管管他，雖然已經是個大學生了，可是比高中生還讓我不放心。」

李明克死命地皺緊眉頭抿緊嘴，讓自己的表情看起來是極度的痛苦悲傷；但實際上，李明克已經笑得要疝氣了。

「那麼，蔡組長，」李明克憋著笑，深吸幾口氣，小心翼翼地問，「您對於嫌犯——劉……永安，又認識多少？」

「他？」蔡彩貞把不屑的表情展演到了極致，「你們年輕人稱那個叫什麼？渣男？不對，ＢＬ？不對。那個叫什麼？宅男？對！宅男！宅男，魯蛇！媽寶！啃老族！」

看到蔡彩貞嫌惡的表情，聽到她口中的形容詞，想到趙司博的三個方面，再疊上王嘉鴻的老淚綜橫，李明克只覺得頭痛、暈眩、極度的不平衡。怎麼可能有一個人，可以同時擁有如此兩極端的評價。

不等李明克追問，蔡彩貞連珠炮地開始數落嫌犯劉永安的不是。

「三十歲了還不出去找工作，成天就只會窩在家裡玩電腦；只知道要花大錢買昂貴的電腦設備，卻不知道賺錢有多辛苦。沒在工作窩在家裡也不願意帶小孩，小孩就丟給公婆照顧，然後還得要給公婆奉親費跟照顧小孩的錢。公婆一個月也沒帶多少天，就要給他們三四萬。這樣合理嗎？去外頭請個全天的奶媽，也不過兩萬出頭而已。當然，劉永安的父母也很敢享受，一年之中有大半年都不在臺灣，回來臺灣了就要欣怡開車帶他們這邊去、那邊去。公婆所有的開銷都靠欣怡，她老公也不覺得自己該分擔。丈夫想住現代奢華一點的房子，當然啦，最後都是欣怡在承擔。」蔡彩貞氣到說話的音調高了八度，「早就叫欣怡該把老公給休了，但她跟我說不想讓孩子活在單親家庭中，所以忍讓著。真不知道欣怡她上輩子造了什麼孽，被故意搞大了肚子、又不願意果斷負責，搞得欣怡非得嫁進那種家庭、嫁給這種人。好了，現在連命都沒有了。」

嗯，果真與〈靠北男方〉系列規律性出現的內容非常雷同。

「蔡組長，我相信您說的是事實，但是這些事情似乎沒有提供劉永安非得殺害梁欣怡不可的理由，還是說有其他隱情？劉永安有家暴的歷史嗎？」

「你們男人就是認為，曾經打過老婆的才會殺人，所以沒打過老婆的就不會殺妻，是不是？」蔡彩貞指著李明克的鼻子吼著。

「當、當、當、當然不是！但是，那些理由，那些吃軟飯的行徑，並無法構成法庭上的有力證據啊！」李明克連忙安撫著，「劉永安真那麼惡劣，證據就更要充分，才能確保他不會被放出來啊！」

「我，我不知道那算不算有效的證據，但是大概可以……」

一旁一個嬌滴滴又微弱的女聲。李明克往聲音方向一看，一個警專的實習生。

「妳知道什麼呢？」李明克溫柔地問。他有足夠多的經驗，知道太正經的語氣會把這種女孩兒給嚇跑，八年級生挺嬌貴的，嚴肅不得。

「欣姐有經濟困難，而且，」實習生紅著眼眶嘟著嘴，「欣姐說她先生把她的卡刷爆了，還打算拿她名下的車子去抵押。」

「這樣子啊！有經濟上的糾紛就是了。」

「而且……」實習生欲言又止。

「沒關係，妳說，我想要知道。」李明克拋出個迷死人不償命的電眼，不像暖男，比較像是花花公子。

看來，自己小隊上有個著迷各國愛情偶像劇的女警，並不是一件壞事——可以學到不少當下流行的「暖男」行為與而且能在必要的時候派上用場。就像現在。

「因為我姊夫在銀行工作，我有問欣姐要不要找我姊夫幫忙處理卡債問題，」實習生眨著眼、拉回被警界傳聞中最後黃金單身美男的李明克『小隊長』閃得恍神的思緒，「但欣姐說不能處理，因為處理了，她丈夫會不准她看孩子。」

「不准她看孩子啊？這好像非常嚴重。梁警官應該是非常非常愛孩子的媽媽。」

「對。欣姐非常愛孩子，經濟壓力再大也要給孩子買最好的；生活壓力再大也要給孩子最好的。工作再怎麼繁忙，能下班的時候一定飛快地回到家裡陪孩子。」小女警吸了吸鼻子，「可是，欣姐說，她丈夫要以她不負擔家庭經濟，還有工作時間太長，來離婚；然後，又說她常常半夜也上班，不是好媽媽，所以他要把孩子帶走。」

「所以有經濟問題，也有離婚的糾紛啊……」李明克小聲地自語。

「你說什麼？」蔡彩貞質問。

「喔！沒有，沒有。」李明克緊接著問，「那請問，從昨晚到現在，你們拿這些事項訊問過嫌犯了嗎？」

「這分局、這組，每個人都知道劉永安是怎麼對待欣怡的。我們沒有必要問明白，反正事實我們都知道。我們不想進去，免得因為憤怒而做出會後悔的事情。」蔡彩貞強調，「如果有需要，我相信，邱義榮檢察官有能力處理起訴所需要的事證的。」

「那再請問，有聯絡梁欣怡跟劉永安的家人了嗎？」

「我們組上的同仁，在一確定死者真的是梁欣怡之後，就去梁家，等等就會把梁家人接過來。」蔡彩貞說，「至於劉永安的家人，就算我們因為捨不得梁欣怡所以對她公婆的仁慈好了，現在還沒聯絡。欣怡是那麼地照顧公婆，我們也就順勢不折騰她公婆了。」

「最後，他們有個孩子，那孩子此刻在哪裡呢？」李明克問。

忽然間，整個辦公室安靜得令人恐懼。

「你們沒有追問嗎？」李明克簡單快速地做個結論，「那不知道你們願不願意，讓我僅針對『孩子的下落』進去訊問劉永安？」

李明克也沒有打算得到許可，他不過是試圖找到一個合理的理由好面對面地偵訊自首的嫌犯，也讓自己能夠親自認識一下這個評價相當兩極的劉永安。

看著眼前的人都不發一語，李明克輕輕緩緩地，退離開辦公室，往走廊底端的偵訊室走過去。跟門口的員警點個頭打了招呼，便自主伸手開了門。

房間不大，三坪不到；光線昏暗，空氣混濁。看來，分局的同仁們完全沒有想讓劉永安舒適的意思。

至於劉永安，第一眼的印象真的是「宅男」——稍嫌長的頭髮，遮去大約半張臉的黑框眼鏡、雙眼無神、表情呆滯，身上的衣服看起來就像從路邊撿來的。

李明克拉開劉永安對面的椅子坐了下來，再度仔細打量這個殺妻嫌犯。第二眼看起來，劉永安倒是沒有那麼地宅，鬍子刮得很乾淨，五官正常，白白淨淨的，低著頭的樣子像個靦腆害羞的大一新生。

「你叫劉永安嗎？」李明克開口。

原本一直盯著桌面的劉永安，視線對上了李明克。超出李明克想像的，劉永安竟然是禮貌地注視著李明克的雙眼，帶著微笑，輕輕地點了兩下頭。

「您，應該不是在這個分局服務的吧？」這是劉永安講的第一句與自首內容無關的話。

「確實。我是市刑大的小隊長，我叫李明克。」看來，劉永安只是不願意跟他妻子的同事說話，並不是不願意跟警方交談。

「李警官，我們看起來同年紀，你看起來是認真工作、非常拚的人，」劉永安又低下頭，盯著桌面，「一定比我的妻子還要用心還要拚。」

「王嘉鴻副大隊長對這個案子很關心，所以派我過來瞭解，並且提供分局所有需要的支援。」

劉永安緩緩抬起頭，一臉茫然地看著李明克。呆滯了莫約三十秒的時間之後，臉上寫滿了「糟糕了」三個字。

「我忘了跟昱辰說我去不了日本了。我竟然忘了跟昱辰說我去不了日本了，我竟然會忘記；我怎麼會忘記……」

劉永安哭喪著臉，口中不斷重複著「我怎麼會忘記呢，我竟然會忘了……」。

「你本來是要去日本，目的是什麼？觀光還是工作？」

「去東京參觀ＩＴ展，順便去看昱辰工作的３Ｄ電腦動畫公司。」劉永安回答。

「所以算是為了學習也順便旅遊。」

李明克簡單做了個結論，畢竟蔡彩貞有強調，梁欣怡進修的方向與網路犯罪有關的，而劉永安是個，宅男。

劉永安對於李明克的結論，卻露出了受傷的表情。雖然神色只露出不到一秒，卻給李明克看得正著。

「那麼，原本預計何時出發？」

「週日下午四點的飛機。」劉永安停頓一下，然後說，「但是當天早上六點，我掐死了我的妻子梁欣怡，所以我就沒有去日本了。」

所以說，劉永安本來可以潛逃出境的。那又為什麼要自首？又為什麼要拖了將近兩天才自首？

「你昨天晚間十點半，到這間警局來的理由是什麼？」

「我來自首的。」劉永安回答，「對不起，因為我的緣故，給你們大家添麻煩了。真是非常地抱歉。」

聽聞劉永安的「致歉詞」，李明克整個不知道該如何回應。一個據聞應該是「渣男、宅男」的嫌犯，怎麼會說出這麼有禮貌的歉詞？

「你如何行兇的？」

「我在週日清晨，徒手掐死了我的太太。」

「你的動機是什麼？」

「我……我……我在週日清晨，徒手掐死了我的太太。」

「為什麼等到兩天之後，週一的半夜，才到警局自首？」

「我……」劉永安抬頭，雙眼無神地看著李明克，說，「我在週日清晨，徒手掐死了我的太太；經過考慮，我決定自首。是我的錯，全部都是我的錯。全部都是我的錯，都是我的錯。」

「資料上說，你有個孩子，現在應該……」李明克作勢翻了翻資料。

「十三個月大。很聰明的小男生。」劉永安眼角笑著，嘴角卻微微顫抖，「他最喜歡小汽車，特別是Helly。」

「那麼，你兒子，劉……」

「梁宇仁，他的名字是梁宇仁。」劉永安的嘴角垂得更低，聲音也開始哽咽著。

「梁宇仁小弟弟，他現在人在哪裡？有人照顧嗎？」

孩子姓梁，這倒讓李明克覺得有些意外。

「小宇一向被照顧得很好。」劉永安又專注地看著李明克，「我確定他絕對會被照顧得好好的之後，才來自首的。」

「他現在人在哪裡？」

「在一個能被好好照顧、不會被打擾的地方。」

忽然間，劉永安的眼神一掃之前的委靡，堅定、有神，甚至帶了一點威嚇的氣息的眼神，彷彿一雙手揪著李明克的領口。

「李警官，我是確確實實、毫無疑問地親手掐死我的太太梁欣怡，時間就是在星期日的早上六點多。我也沒有在替任何人頂罪，因為兇手就是我，沒有別人。我後不後悔？我不後悔！如果時間重來，我會不會再做出相同的事情，我會。我會不會翻供？我不會，我絕對不會翻供，因為我就是兇手，這個是個不爭的事實。所以，不要再找我的父母，也不要再找我的兒子了。我一個人做的事，我自己擔。孩子他還小，他理當擁有一個沒有瑕疵的未來。我一個人做的事，我自己承擔。不要找我的家人，不必要去找他們。」

不只眼神，劉永安連說話的語氣都變得咄咄逼人。

「我沒有傷害我兒子，我絕對沒有傷害我的兒子，我發誓我絕對……」劉永安頓了一下，「我絕對沒有傷害我的兒子。這跟我是殺死我太太梁欣怡的兇手一樣，是個鐵一般的事實。」

「劉永安……」李明克想起王嘉鴻的交代，「那我誠心地建議你，你應該請個律師。」

「不用。不用請律師。我不需要律師。」劉永安又縮了回去，「我就是兇手，所以我不用律師。」

李明克身子探向劉永安，盡量壓低自己的音量。

「分局承辦人員還有檢察官，把你的案子往預謀殺人的方向辦，要以殺人罪起訴你，而且會求處死刑。王副希望你能請律師。」

聽到『死刑』兩個字，劉永安身子顫了一下。

「死刑，現在不會判死刑，應該不會判死刑。無期徒刑就好。是無期徒刑就好。我會跟檢察官認罪然後請法官判我無期徒刑，就是無期徒刑。」劉永安又抬起了頭，「幫我謝謝關心我的人。我真的不用請律師。我就是沒有任何理由之下掐死了梁欣怡。你們不用再替我忙了。」

話閉，劉永安又靠回了椅背，繼續盯著桌面。只是，眼眶泛著淚。

眼看再也問不出什麼來，李明克開了偵訊室的門。

「需要茶或水等等喝的嗎？」李明克回頭問。

「不用，謝謝關心，你們辛苦了。我現在這樣很好。」

劉永安很有禮貌地給了李明克一個微笑。接著，就像電用罄了的機器人一般，無力、垂頭、雙眼無神、盯著桌面。

4. 週二，上午十點半

關上偵訊室的門之後，李明克便像無頭蒼蠅似的在整個三樓繞。雖然，問人一定比較快，但是放眼所及的，每個人都當他是空氣。只好自己一個人在三樓到處繞，總有辦法把那個「囂張」的防治組趙司博組長從不算大的分局大樓中挖出來。

在撞了不知道幾扇門、碰了不知道多少個壁，終於……在偵訊室的隔壁的隔壁，找到了趙司博。

「原來你在這裡。」

李明克懊惱著。方才只要右轉，走個幾秒鐘就到了的，結果他竟然左轉了，還繞了整層樓一圈。又不是下班了在巡視順便關門、關窗、關燈、拔插頭。

「不然你以為我在哪裡？」趙司博左耳左肩夾著市話聽筒，右耳貼著手機，「坐。我通個電話先。」
李明克拉了一把椅子，就就著趙司博的桌邊，坐了下來。只聽見趙司博一下子透過市話線路講英文，一下子跟手機講日文，一下子還得用電腦回個LINE，好不忙碌。
約莫五分鐘，趙司博將兩支電話都掛了。
「拍謝！之前待的單位的案子。雖然交接出去了，但是對方還是要我處理。」趙司博將桌上的一份行李的打包清單遞給李明克，「跟嫌犯談得如何？」
「他似乎只是不想跟這個分局的人談，」李明克接過清單，快速掃視，「但是也只是一直強調人是他殺的，他並沒有替人頂罪。」
「先不論證據是否充分，你認為他說的是事實嗎？」
「我認為是。」李明克歪著頭，雙手交叉胸前，「但是，我認為案情沒有自白內容那麼地單純。」
「怎麼說？」趙司博打開紙箱，準備安頓自己的家當。
「劉永安非常、非常、非常，而且是真心的，關心兒子，」李明克回想著剛才的對話，「但是他不願意說出他孩子的下落，也不允許我們試圖聯絡他的家人。」
「就以我所見，不願意連累家人跟自首，兩者並不衝突。」趙司博拉開抽屜，將文具、糧草、飲料一古腦地丟進抽屜中。
「他跟我說了兩次『對不起』，他覺得他給我們『添麻煩』，他堅持『都是他的錯』，最後他說『謝謝關心，你們辛苦了』。」

「這……」趙司博眉頭也皺了，「嗯，我也沒遇過，我印象中也不曾聽過有這麼客氣的嫌犯。」

「他原本排訂要搭週日下午的班機飛日本，然而，他在週日凌晨犯了案。但是，他在昨天晚上自首。」李明克深吸一口氣，「他大可出境，為什麼留了下來？留了下來，為什麼還要等個兩天才自首？」

「認為自己逃不掉吧！日本畢竟也是人生地不熟……」

「不是，劉永安在日本有朋友，就是王副的兒子，可以依靠。如果劉永安飛去了日本，有地方住、有管道可以探聽臺灣的情況，而且……」

「而且不見得能抓回來。只要能讓他逃個二十五年，就真的能讓他逃掉了。」趙司博說，「那他幹嘛自首？為什麼還要等兩天？」

「這也是我所疑惑的。同時，劉永安還非常在意他『忘記』告訴朋友他去不成日本的這件事情。他的表現，似乎，『忘記事情』是一個絕對不應該犯的錯誤，因此他感到非常地愧疚，比殺人還愧疚。」李明克苦惱著，「在我的印象中，會執著甚至愧疚於一個與案情沒有直接相關的小事，像是衣服沒有疊、垃圾忘了倒、狗沒有洗澡、管理費沒有繳等等的人，大多都是被害者，或是與案件核心人員有相關的旁人。這種非常清楚知道自己做了什麼事情的行兇者，一般而言不會過分執著這種『小事』。」

「會讓你覺得事有蹊蹺的理由，應該不只這些吧？」趙司博又拉開一只空無一物的淺抽屜。

「對他而言，只要不是死刑就好，無期徒刑他完全能夠接受。」李明克補充，「而且，他就是要『無期徒刑』。」

「耶？會自首的不就是圖個減刑的可能？啊第一次行兇的不也都是希望能判處最低刑期？」

「他的行為，對我而言，就是完全完全的不合理。」

「結論就是，」趙司博又塞滿了一只抽屜，「你李明克寧願與整個分局為敵、冒著趕不上飛機或沒有行李的危險，也要把劉永安的行兇動機，還有從行兇到自首中間消失的四十個小時發生了什麼事情，挖出來就對了。」

「是。」李明克有氣無力地應著。

「也算你幸運，相驗的是你熟識的廖法醫，第一個到命案現場採證的也是上週才調過來的。你需要資料的話，還能夠幫你偷渡一些。」

「喔！」

「只不過……」趙司博露出狡詐的微笑。

「要什麼，快說！」

「寫在清單背面了。」趙司博指著方才拿給李明克的『清單』。

「confit de canard x 2，Saffron x 1……」李明克看得臉都白了，「這啥？是我能帶回來的東西嗎？」

「放心，沒有違禁品。這些都是超級市場買得到的東西，拿給店員看就可以了。」趙司博咧嘴笑著，「控菲特—滴—尬納（confit de canard）會比較重一點就是了，記得要買罐頭裝的，不然帶不進來。」

「控菲特—滴—尬納？」李明克學著趙司博的發音，「唸起來不大像英文。」
「因為它是法文，你不是說你還會去歐陸嗎？有法國吧？」
「會。我回來的時候如果被海關攔了，」李明克把清單摺了兩摺收進口袋，「我一定報上你的名字。」
「別怕，一打油封鴨腿都讓我給帶回來了，這個才兩隻，沒問題的。」趙司博拿起座機，撥了個號碼，「先問問鑑識的他回來了沒有。」
趙司博耳貼著聽筒好一陣子，掛掉，重播了一次。
「沒人接。應該是還沒回來。」趙司博搖搖頭，把聽筒放回座機。
「好吧！看來現場跟採證結果得等等了。」李明克抬頭看了掛在牆上的數字時鐘，「小趙，等等借我你的電話，我要聯絡王副的兒子。」
「可以啊！」趙司博先是爽快地答應，才回神地問，「你幹嘛不用自己的手機？」
「越洋電話，很貴。」李明克說，「你主管外事，電話總能撥越洋吧！」
「算盤還打得真好啊你！李小隊長。對了，我從一開始就一直很想問，王嘉鴻副大隊長的兒子，跟劉永安，兩人究竟是什麼關係？」
「根據王副的說法，兩個人是老同學、好朋友，寒暑假都窩在一起，好像是住在王副家。」
李明克講得不是很肯定，「總之，在能找到劉永安的家人，或是找得到他的朋友之前，王副的兒子是我手上『唯一』一個屬於劉永安這方的人。所以我非得聯絡不可。」
「他在日本，讀書還是工作？」

「據說是在工作，遊戲公司還是動畫公司之類的。」

「哎呀呀！想當年，我就是透過漫畫、動畫、電動學日文的，我當時也想去日本學動畫的。動漫之路沒走成，現在反而靠這個因興趣而熟練的語言能力混飯吃。」趙司博目光迷濛、焦距飄向遠方。

「雖然王副說他給我的是手機號碼，但避免意外，等等還是你幫我撥，免得接進去的是對方的公司總機。我日文不好，英文也不見得能溝通。」李明克完全不想理會宅男化的趙司博。

「遵命！小隊長。」

「另外，你能調出命案現場照片來嗎？」李明克敲敲電腦螢幕，「雖然人還沒回來，但照片應該已經回來了才是。我需要看一下現場。」

「你以為我這裡是你們刑大喔？大家都在辦案，所以資料就可以一起分享？」趙司博白了李明克一眼。

「總……總是有辦法調閱吧？」李明克稍微尷尬了一下。

趙司博兩手一攤，臉上寫滿了『我真的沒辦法』。

「他真的沒辦法。因為小趙昨天才來，他的帳密還沒設定好，他現在還只能借別人的帳密登入公文系統。」

一陣耳語般的氣音怯生生鑽進李明克與趙司博之間。

猛然回頭，看到一個蛋形臉，理著小平頭，其實說是光頭也不為過，穿著稍微褪色且領口鬆成了荷葉邊的黑色T-shirt，手上捧著一臺包在透明袋子中的平板，的男子。

「在也不接電話喔？」趙司博埋怨著。

「知道是你在找，所以乾脆偷偷地直接過來。我人才剛回來，才在落東西，就聽到李明克大小隊長來了分局，還進了偵訊室。」男子聳聳肩，「直接把東西帶來，總比你們過來看，來得……不那麼敏感一點。」

李明克一臉疑問地看著這個很『不一樣』的男子。

「鑑識科的，黃俊凱。」趙司博介紹，「這個分局中比我老一點的新人。」

「我不能離開太久。」黃俊凱把平板遞給李明克，「初步的照片，沒有整理也還沒有分析。」

「謝謝。沒分析、沒標註的照片反而好。我想我也沒辦法進去現場，進去了也必然沒辦法仔細勘查。目前能看到最原始的照片是最好了。」

李明克接過平板，開始滑閱。

「現場是在內湖區一個新落成的社區大樓的十一樓。」黃俊凱敘述。

「社區很大嗎？」

「地下兩層；地上嘛，兩棟十層樓的，一棟十二層樓的。八樓以下是一樓四戶，以上都是一樓一戶。」

趙司博深吸一大口氣，眼睛瞪得老大。

「對，我們都買不起的。可能買得起一間廁所啦！」黃俊凱平實地敘述著。

「格局呢？」

「現場的格局是四房兩廳一廚三衛一間儲藏室，一個前露臺一個後陽臺。」

「要價不菲吧！市價大概……」趙司博感嘆。

「加裝潢，大概八千。」

李明克眉頭緊鎖。方才蔡彩貞不是強調劉永安沒有工作嗎？一個巡官的本俸加上超勤，一個月不過也六萬有找。怎麼可能負擔得起昂貴的一個月恐怕不會少於二十萬的貸款？

李明克滑著螢幕，看著照片。

「現場，房子非常地乾淨，我是說，非常、非常、非常地乾淨，除了死者躺的位置，其他的地方，幾乎連顆灰塵都不容易找到，更別說有頭髮或其他碎屑。」黃俊凱指著客廳某個層架，「上頭連個印子也沒有。」

客廳，看起來非常大，四人座的L型沙發、木質圓形的茶几、天花板上架設一臺投影機。沙發對面的牆上掛著一臺五十吋液晶電視，下方的櫃子裡放有有線電視機上盒、網路數據機、無線網路分享器以及藍光光碟播放器。

在電視機左右各有一只音箱，音箱的旁邊，各有一座窄型、玻璃隔板、上頭鑲著展覽燈的展示櫃。櫃中空無一物，沒有照片、沒有紀念品，什麼都沒有。

將客廳與飯廳、走廊分隔開的，是一個木質的多格層架。李明克看過這種架子，很多的居家設計喜歡使用這種多功能架。由於前後都是開放無檔板，不但不會隔絕光線，拿取架上物品更是方便。理論上，家庭中這種架子上會放一些裝飾品、盆栽、書，最最最少，也會有個遙控器或面紙盒。但是，跟玻璃展示櫃一樣，上頭一件東西也沒有。

命案客廳的實境照片大約有個百來張，幾乎每個角度、每個縫隙都有被記錄到了。犯罪現場會隨著時間消逝，鑑識人員必須抓緊時間，將現場的各個部分盡可能地記錄下來；如此一來，當辦案人員有需要『重新檢視』案件現場時，才能夠有充分的資訊。記錄得詳實，資料量相對地就非常龐大。

對李明克而言，目前還不需要將每張照片的每個角落看得透徹；現在第一要務，只是要瞭解「命案現場的狀況」。因此，李明克跳過不少照片，快速進入現場的第二空間——飯廳。

飯廳中，一張可坐八個人的長方形餐桌，木頭的桌腳架，灰白色石質的桌面。周邊放有六張餐椅，都是成人的餐椅，沒有幼兒的高腳椅。李明克前後看了幾張，似乎也沒有設計給幼兒使用的增高椅座放在任何一張餐椅上。

飯廳的旁邊就是開放式廚房，白色的系統廚具、嵌入式電爐、隱藏式抽油煙機、洗碗機、烤箱、微波爐、鏡面雙開式冰箱。廚房不但是一塵不染，電爐跟抽油煙機上連一滴油痕都沒有。

垃圾桶是隱藏在洗碗槽下方的櫃子中，開了櫃子的門才能丟垃圾。黃俊凱拍了不少張垃圾桶的照片。

「很神奇吧！連放垃圾桶的地方都這麼的一塵不染，沒有顆粒、沒有茶漬、沒有紙屑，連味道也沒有。」黃俊凱用讚嘆的口吻說，「如果不是因為熱心的鄰居保證真的有人居住，我還真的會以為我走進了個樣品屋或是家具展示場。看看冰箱！」

李明克順著黃俊凱的指示，找到了冰箱的照片。冷藏室中空無一物，沒有飲料、沒有調味醬、沒有番茄醬、沒有食物，連冷水壺都沒有，只有柔和的暖黃光穿透帶點藍色的塑膠透明層板。冷凍庫也是空空如也，連家庭冷凍庫中常見的肉品血水結的冰也沒有。製冰盒跟冰塊盒中，沒有碎冰也沒有冰晶。

李明克在廚房的照片中找到了櫃子內物品的照片。至於食物，有罐頭、未開封的乾麵條、未開封的調味料。

餐具部分則是白瓷綠花邊的碗盤，依照品項跟大小整齊堆放，筷子、瓷湯匙、不銹鋼刀叉也是依照品項排放整齊。玻璃杯、馬克杯、各式玻璃酒杯，潔淨透亮地端坐在杯櫃中。至於洗碗機裡，沒有餐具，當然，也沒有水漬。

「把所有的、不耐放的、會過期的、易腐敗的食物都丟掉了。把最不容易清潔的地方都清潔乾淨。看來劉永安真的有不再回家的體悟跟決心。」

「明克，我沒遇過太多命案，不過，」趙司博指著照片，「不可能有任何正常的人，會在殺了人之後、屍體還在旁邊的情況下，把房子整理得如此乾淨吧？我想，他們應該是入住了之後就不曾用過廚房才是。」

「雖然小趙的想法不無道理，但是我可以保證，整個房子是『打掃過』的，而且廚房使用還算頻繁。」黃俊凱非常有信心的指著放在流理檯面的竹製砧板，「砧板面上有非常非常多的切痕，橡膠邊框內部有一些黑霉。如果這間廚房是間沒在使用的『展示間』，砧板會跟全新的一樣。」

「那什麼樣的人會在屍體還在旁邊的情況下，將房子堅壁清野、掃得如此乾淨？」趙司博重複自己的疑惑。

「他們的孩子才滿一歲，為什麼沒有幼兒的餐具跟餐椅？為什麼全部都是成套的白瓷跟玻璃餐具？」

「我確實沒在現場看到合理數量的嬰幼兒用品。」黃俊凱拿過平板，跳過一堆照片，直滑到放有嬰兒床的房間，「這房間中，有嬰兒床、有一袋尿布、有一點點玩具、一個抽屜的衣服，可以判斷這是孩子的房間；但是，房間裡面的東西，或是說，房子中屬於嬰幼兒的東西，都全在這間房間。沒有揹巾、沒有揹帶，沒有推車，浴室中沒有小澡盆，連奶瓶也只有兩支，還是兩百五十毫升的塑膠材質的。」

「我一陣子之前支援掃毒勤務時，遇到個拿自己八個月大的孩子當掩護的毒販。他們房間裡面的嬰兒用品，比這裡面的還要多上至少十倍。」

「不一定每對父母都會為孩子買一大堆嬰兒用品，有些時候是用租的。」趙司博說，「現在有不少腦筋動得快的業者，發覺像嬰兒床、玩具、推車、安全座椅等東西，新品的訂價不低，但是，這些東西，使用到的次數不多，而且需要使用這些物品的時間不長，所以開始經營婦嬰用品的出租店。或許他們就是去跟商家用租的，而當劉永安決定自首之後，就先把東西歸還了。」

「不無可能。但是，」黃俊凱提出異議，「奶瓶、固齒器、奶嘴，還有餐具，這些東西，總不會也用租的吧！考量到衛生問題，父母親應該不會考慮去租用二手的。誰知道租來的物品到底乾不乾淨。」

李明克一臉疑惑地打量著趙司博跟黃俊凱，明明這兩人看起來的年齡，還有實際上的年紀就跟自己差不多，怎麼對於如何照顧孩子有這麼多認識。還有，什麼是固齒器？我為什麼不知道？

「應該在卻不在的東西，還有一個。據說梁欣怡還在餵……母奶；去現場前，組上的女同事有先稍微翻過梁警官的座位還有置物櫃跟備勤區，確實是有找到，那個……那個……那個……的……工具。」

沒察覺到李明克的疑惑，但是黃俊凱倒是對於『集乳器』這玩意兒感到非常得尷尬，支支吾吾的，講得連聲音都破了，索性用比的。

「……然後？」

「而基於生理上的，自然反應，相關的，輔助器材，一定是隨身攜帶，或是辦公室跟家中各放一組。梁警官是自上週六請休假到後天，這個……器材……一定會帶走；沒帶走就代表家中應該有一組。但是，」黃俊凱清了清喉嚨，調回了原來的音調，「命案現場並沒有找到相同功能的器材。至於母乳保存瓶或母乳保存袋等這類物品，也都沒有找到。就以我所知，母乳保存瓶、母乳保存袋等，基於衛生的考量，媽媽們也多會決定自己購置，有些時後還龜毛到一定要買無菌包裝的才放心。」

「現場沒有，那麼代表有可能是租的，也有可能劉永安把這些物品全賣給婦嬰用品出租的店家……」

李明克不大確定這些『東西』有沒有店家在收購二手貨，但既然冷氣、冰箱、洗衣機都有二手商家，趙司博又說有業者專門經營出租店，那自己的推論應該是合理……吧。

不過，好像也有不合理的地方。剛才那位小女警不是說，梁欣怡非常疼孩子，會盡力給孩子買最好的東西嗎？那麼，『買給孩子』的好東西究竟去哪裡了？或著，梁欣怡真的有很沉重的經濟負擔，所以選擇以租代買，但是，卻跟外人說東西是買的？

「我等等問問我表姊，她才剛剛透過媽媽教室加入幾家這種出租店。」趙司博抄起手機開始打簡訊。

李明克心裡浮現一個非常糟糕的想法——孩子的東西少，確實可以解釋為『歸還租物』；但是，能夠坐五年的幼兒增高椅座不在現場，能夠推四年的推車也不在，只能使用不到三年的嬰兒床卻還在，如果用『租賃歸還』來解釋，也解釋得很勉強。要不，就是劉永安在前來警局自首之前，將東西全部清出丟掉？但是，都能把食物丟空了，為什麼還留著尿布、兩支奶瓶這種『可丟』的東西？

再來，趙司博的疑問沒有錯，什麼樣子的人會有辦法在屍體還在一旁的情況下，將房子打掃得如此乾淨？而讓李明克真正不安的，是那個一歲的孩子到現在還找不到。一個一歲的嬰孩才只有那麼一點長度、那麼一點重量，隨便一個手提行李袋甚至一個垃圾袋就足以『包裝』；孩子的骨骼也還很脆弱，只要成年的男性出的力道強一點，刀子利一點……，之後，就只需要煩惱如何清潔血跡即可。

「沒有！這點不必擔心，整間屋子完全沒有血跡。」黃俊凱像有讀心術般的回答了李明克。

「死者陳屍的位置在哪裡？」

李明克決定先擱置心中對於孩子『可怕下場』的想法。

「就在孩子房的外面。」黃俊凱找到相關的照片，將平板遞給李明克。

第一張照片，屍體上蓋著一件米色風衣。

用衣物蓋住屍體的頭部代表兇手可能認得這名死者；如果用衣物覆蓋整個軀體，代表這個兇手行兇後心中覺得後悔或有所懺悔。無論美國那套犯罪心理分析理論能不能套用在臺灣的犯罪人行為上，至少在這個案子上是解釋得過去的。

第二張照片，覆蓋的風衣移開。死者腳朝房間門、頭朝客廳方向的仰臥，雙手自然的落在身體的兩側。雙腳呈『く』型，膝蓋朝向身體的左方。死者雙眼睜得大。眼球已經看得到混濁，眼白部分有紫色血絲痕跡。

「死亡時間？」李明克問。

照片中只能看出屍身沒有明顯的腫脹或變色，沒有明顯的腐敗的痕跡，看不出來屍僵或緩解的程度，更不可能偵測出肝臟溫度。以上的資訊只能判斷屍體應該沒有被移動過，死亡時間不長。

「法醫是廖志緯，他現場的判斷是三十六到四十八小時。屍體已經冷卻，下顎、軀幹部分已經緩解，但是四肢還是僵硬的。」

「死亡原因？」

「被徒手掐死的。但是，他說……」

「『還需要剖了採樣了分析了才能確定真正死因』。他一向是那麼謹慎。」

說到法醫廖志緯，他就像是老天特別派下來專門擔任死者的翻譯官，觀察入微，明察秋毫，而且在相驗的技巧，以及綜合分析陳屍地點的環境的能力，就旁人看來，根本是小說裡才會出現的『天才法醫』。只要跟廖法醫共事過，就知道他是個『一分天賦、四分謹慎、五分努力』的十分科學人，沒有八成的把握，廖志緯是不會輕易說出他的判斷的。

「廖法醫在現場倒是問我了一個問題。」

「什麼問題？」李明克跟趙司博兩人異口同聲地問。

廖法醫在現場勘驗時，為了避免被先遣人員、承辦員警以及鑑識人員的看法影響死亡原因與死亡時間的判定，他幾乎是不問問題的；只要有提問，幾乎就是案子的關鍵。

「他問我，現場有沒有打鬥跟爭執的痕跡。」黃俊凱一攤手，「現場乾淨成那樣，有痕跡大概也被清掉了。」

「我晚一點再跟法醫聯絡，驗是需要時間。」李明克說，「法醫會有這個提問，當中必然有原因。」

「快開電視，新聞臺！」

走廊上爆出一聲大吼，聲音強得連牆都跟著震動。

吼聲彷彿也是遙控器的電源鍵，聲音的共鳴聲還沒消退，辦公室內的電視畫面已經出現。

十臺新聞臺大概有十一臺都在進行現場即時連線。

畫面的下方，一行猩紅的標題

「快訊。員警遭丈夫家暴致死，警方毫無作為？」

5. 週二，上午十一點三十五

「哦歐！」趙司博給了李明克一個『你慘了』的眼神。

「開大聲一點吧！」李明克對著手持遙控器的男子說。

「明克，」趙司博肘擊了李明克的腰際，低聲地說，「死的是警察，我們卻毫無作為？」

「媒體下標題誇張聳動語不驚人死不休，反正只要標題最後打上一個問號，誰能對他怎樣。」李明克下巴指著電視，「我倒是好奇是誰走漏了這個消息……」

話還沒說完，畫面就回答了李明克。

新聞畫面上出現一對看起來將近六十歲的男女，女的頭髮染成紅棕色，剪個瀏海齊眉耳下兩公分的妹妹頭、紋眉、膚色稍深，面容憔悴，上了帶一點晚霞橙色的口紅。男的，梳了個油頭、深膚色、唇薄、牙齒上隱約看得到檳榔的殘痕，眼白泛黃還帶著血絲。兩人的下方，螢幕上一行字卡說這是「被害者父母梁先生，梁太太」

這對夫婦坐在沙發上，前頭的長茶几上架滿了麥克風。在應該是『梁太太』的中年婦女身旁，坐著一位脂濃粉厚、燙小波浪捲髮的民意代表。先生的身旁，則是坐了一個五官與中年夫婦極為相似的年輕男子，理了一個小平頭，穿著替代役男的制服。

「找民代出來開記者會喔？」趙司博嗤笑一聲，「他們打算如何控訴我們警方吃警察自己的死亡案？」

「剛才蔡組長說，她半夜就派同仁去梁家了。看來梁家從知情到現在，大半時間都在聯絡民代、安排記者會。」李明克往椅背一靠，準備聽聽被害者家屬的說詞。

對於分局而言稱得上是災難的指控，正好提供李明克需要的資訊。

如果，今天這個命案是李明克自己的案子，被害者家屬自己跑出來開記者會，對李明克而言是個「沉重的麻煩」，因為得撥出時間跟精神面對記者的轟炸，得跟閱聽大眾好好解釋，得被長官刮、被上級洗頭，案子結了之後還得追查消息是如何走漏，然後是無止盡的檢討。

但是，今天這件命案剛好不是他的責任，所以他不必顧慮這些「花邊事件」以及可能造成的漣漪。李明克原本就希望能跟被害者家屬談談，但是緊迫的時間，以及整個分局的『壁壘態度』，李明克不見得有機會跟家屬說上話；現在家屬自己跳出來開記者會，剛好。

確實省了李明克不少的功夫。

「我女兒兩天以前給她的先生打死了，」電視上，婦人聲嘶力竭哭腔說道，「警察早就知道這件事情了，但是卻放著不管，放著不辦，放著不抓，還等到兇手自首。」

「實在是真的很惡質！」男的憤怒的對著鏡頭說，「本來以為我女兒是警官，警方抓人就會抓得認真一點。啊現在，都已經知道兇手是誰了，竟然什麼都沒有做，還建議兇手自首。如果，今天死的是男的警察，或是什麼晚上出去酒店被圍毆到死的，警方就會認真的辦。啊今天，就是因為今天死的是女警官，還是家暴死的，所以警察才會都沒有動作。」

「就正是因為女兒她自己是警察，所以才不敢提報家暴，要是給長官認為一個女警連自己都保護不好了，工作上頭會怎麼樣子的被長官刁難？」

婦人拿起揉成一團的手帕，擦著眼角的淚滴。

「每到了休假，我女兒都得特別拜託、安排，才有機會可以回來陪陪我。放假日哦，就得要先把孩子帶去給公婆玩，然後再開車帶全家出去玩。都是看公婆他們想去哪裡啦。」婦人哽咽得快說不出話了，「每次都說什麼要去宜蘭泡溫泉，啊一堵車就堵個一天啦，小孩子累了哭鬧了，又說是做媽媽的不會照顧。」

「我那個女婿喔，都不想想我們家女兒為他做了多少犧牲。」男人一臉鄙夷，「我都養了一個兒子考到國立大學了，我生的兒子哪！我的後生ㄟ！國立科技大學ㄟ！凍做哇不知道國立大學的電機系又多了不起的。不過就是個清華，啊就說不想去給人家當勞工，要自己在家裡工作。那些電腦設備的成本，還是我女兒當了我給她的嫁妝才去買起來的。一個男人，也沒賺什麼，家都靠我女兒在養。」

「女兒還是貼心的，這種貼心媽媽最知道。女兒常常跟我說，說她想說要照顧好公婆，也不想放我們兩老沒人照顧，所以，想辦法在娘家跟婆家中間找房子買。頭期款也是我女兒的，房貸也是我女兒的，屋子竟然……竟然……竟然公婆要求要搬進去一起住，房子還必須登記在他們兒子名下。」

「啊他們家哦，就是把我女兒當成工具啦！要她賺錢養家就算了，連孩子也是生給他們家的啦，要在什麼時候要怎麼生，都是他們家在做主。就堅持說一定要生個美國籍的，也不管單位會不會准假，就叫我女兒一個人大著肚子去美國待產啦！啊生了哦，沒有給我女兒休息就算了，當孩子能上飛機的時候，就叫我女兒飛回來。ㄟ！拜託，我們家女兒是給他們家生個兒子哪！是給他們家生兒子的ㄟ！喔！整個月子，沒給我女兒吃到半隻雞。你們說說，這有沒有道理？我們家女兒是給他們家生了個兒子的喔！」

「我這樣栽培女兒，就是希望她將來能夠獨當一面，不必再靠男人吃飯。現在，她是警官了耶！有槍的囁！是別人要靠她的。哀呦！啊現在……」

民意代表神情哀痛地將面紙盒放到婦女面前，抽了兩三張紙巾放到婦人手中，眼睛的餘光還在確認自己的所有動作都有在攝影機的拍攝範圍中。

「但是我女兒都說，」婦人拭了眼角，「為了能夠看到孩子，陪孩子長大，她就只能忍。」

「她的同事跟長官，都知道這些事情，但是都不幫忙啦！」男子重重地拍了桌子，震得一支麥克風摔到地上，「警察哦，就是重男輕女啦，都把女警當成花瓶裝飾用的，根本不把她們當成同事啦！所以，你們看看！她的同事都知道我女兒死了要三天了，到剛剛才來告訴我！還要我不要說話，啊這是要我怎麼能不說話？我的女兒耶！啊今天就這樣給虐死了，警察知道了還不抓，還等著對方自首。」

「唉呦呦啊！警察也知道我女兒的公婆就這樣把孩子帶離開臺灣，現在我那個可憐的外孫就這樣給帶走了。我女兒不見了，我也看不到孫子了。」

婦人嗚嗚哇哇得泣不成聲。

「這！」男子對著鏡頭拍桌握拳怒斥，「都是警方的放縱。我一定要把公道討回來啦！我女兒的死哦，就是警察的不作為導致的啦！所以哦，我一定要國賠啦！」

※※※

這個全程轉播，不看還好，一看不得了。

「司博，」李明克低頭低語，「我沒結婚我是不知道……」

「我也才準備要求婚而已，你以為我會比你知道婆媳、岳婿關係會有多麼火爆哦？」

「但是，」李明克思量了一下，「這麼問吧！會那麼在意孫子但不在意媳婦的公婆，這個兒子又是那麼的『媽寶』、『沒擔當』型的，會同意孩子從母姓嗎？孩子有可能從母姓嗎？」

「用臀毛想就知道不可能，沒有在孫子生了後就把媳婦休了就謝天謝地了。等等，耶！」趙司博歪著一張臉瞪大了眼睛，「你剛才說，那個孩子姓……」

「姓梁，從母姓。」李明克指著電腦螢幕上的人事資料，「也確實是從母姓。」

趙司博先是一臉驚訝，接著一臉沉重。

「而且，方才蔡組長是說，梁警官之所以在美國生子，是因為有孕在身還自願去參加美國的反恐研習以及戰術訓練……」

「但是，梁的媽媽說是劉家堅持要生一個美國籍的孩子。」趙司博搓了搓下巴，「你說孩子的下落還不知道是吧？我來查察，看看是不是已經出境了，然後是去哪裡了。」

「還有劉永安的父母，有可能一併查嗎？」李明克關心地問。

「十二歲以下兒童搭機，須有成年家屬陪同。」趙司博拿起手機開始查閱通訊錄，「小孩的父母親，一個死了，一個在偵訊室；其他親屬有三個在電視機前面。縱然我沒有辦法直接查劉永安的父親或母親，但是這個孩子只要有出境，絕對就是跟著祖父母一起出去。我聯絡一下航警局的朋友，請他幫忙。」

「呵呵呵！」李明克忽然呵呵地笑著。
「笑什麼？」趙司博不明就裡地問。
「蔡組長說外事的都很高傲，都不幫忙，有事情需要你們協助還得懇求協助，並得恭候大駕。」
「沒辦法！我們菁英啊！一年不過一、二十個人投入業界，當然得端一點架子，你說是不是啊！」趙司博苦笑，「哀！我這三年，難過了！」
李明克低頭繼續看著現場照片。看完走廊的，回到相簿，快速閱覽相片縮圖。手指在平板上，滑上去又滑下來，滑上去又滑下來，眉頭越縮越緊。
「屋子裡面，有放電腦設備的房間嗎？」李明克手指滑螢幕的速度越來越快，「所有人都說劉永安是宅男、砸大錢買電腦、窩在家中上網、、、等等，所以房子裡面應該要有電腦設備，但我怎麼沒看到。」
「因為沒有。」黃俊凱左手扶著平板，右手擋著李明克像抽筋一般快速滑動螢幕的手，「整個屋子裡面，有放置影像、聲音等的電子設備的地方，就是客廳，也就只有客廳。」
「劉永安也把那些拿去賣掉了？」
「李小隊長，我認為，那間房子裡面根本就沒有出現過電腦設備。」黃俊凱將音量壓得低。
「怎麼說？」
「首先，這是整個屋子裡面唯一有書桌的房間。」黃俊凱找出了一張照片，是整間房間的全景照，是從房門往房內拍攝。

房間中只有一張平整光亮的馬鞍皮的書桌，還有一座固定層架的開放式書櫃。嚴格說起來，房間只有兩面完整的牆——在書桌的後方與書桌右方，書桌的左方有扇可通往露臺的大落地窗，因此房間相當明亮。書桌的前方，牆面的上三分之二是用霧面玻璃，隔著玻璃就是客廳。只有兩組二頭插座，分別在房間的兩端，靠近書桌的那組已經插上桌上的檯燈，遠的那一組其中一個給了角落的立燈。

開放式的書櫃中，放著梁欣怡警專的畢業照及畢業證書、警佐班的結業照、與警界同仁的合照等，全部一看就知道是屬於梁欣怡的東西。

「只是房裡沒看到電腦、筆電而已，沒辦法證明連任何電子設備都不曾出現過。」李明克結論。

「錯！這張桌子上頭的馬鞍皮，光亮得連一點點的印痕、壓痕也沒有。所以，除了電子設備沒在這裡出現過之外，更能證明這張書桌大概也沒用過幾次。」黃俊凱指正，「如果如所有人所指稱，劉嫌是個重度的電腦依賴者，並且電子設備是放在這間房間的話，那麼馬鞍皮面的桌面一定不會這麼平整光亮，一定會有被使用的痕跡——刮痕或脫漆。」

「其他的房間呢？」

「一間以粉紅、粉紫色為主調的主臥房，還有一間沒有桌子、只鋪設榻榻米的多功能房，裡面放有長輩照片，所以應該是做為孝親房。」黃俊凱邊笑邊搖頭，「剛才看到新聞才知道房內照片上的長輩是梁姓夫婦，我本來以為那房裡放的是劉嫌的父母的照片，才想說可以給你們去追查劉嫌父母的下落。」

「梁姓夫婦的照片在多功能房中？」李明克表情全歪了，「剛才記者會上，梁太太不是說……」

「公婆要求要搬進去一起住，而且還咬字清楚、音調高亢。」黃俊凱偷笑著，「小隊長，這案子，你會追查下去吧？」

「會。」

雖然梁欣怡的死是出於劉永安之手，這應該是無庸置疑的事情。但是，整件事情充斥著一堆又一堆的不合理。從最初的為什麼等了四十個小時才自首？為什麼明明可以離境不逃走？既然都能等了四十多個小時，這段時間為什麼不乾脆棄屍或製造假車禍、假意外？願意花時間把家裡收拾到一塵不染，卻沒有掩藏屍體的意圖？李明克回思著目前蒐集到的資訊。

「當然會查，依據死者在交通組的同事的說詞、死者父母親的說法，以及你在現場採證的照片，這三者其實有相當大的出入。只是，對於該往什麼方向追查，我仍然沒有方向。」

「找孩子？」

「那是必然的！我認為這件事件的核心是梁宇仁。但是，孩子也才一歲多，應該也沒辦法說明任何的事情。所以，透過找孩子找到劉永安的父母親，大概才有可能知道劉永安夫妻之間究竟發生什麼事情。」

「李小隊長，有個方向我倒認為值得追查。」黃俊凱將聲音壓得低，「在現場採證時，除了孝親房中的梁夫婦照片之外，還有個非常顯著的證據，與梁夫婦的說詞相牴觸。」

「是什麼證據與被害者的父母說詞相牴觸？」

「平板先給我一下，」黃俊凱很快地找到了他要的照片，「小隊長，就是這組，主臥房的照片。」

稍淡於薰衣草色的淡紫色的牆面，同色系的枕套、被套，粉紅玫瑰色的天花板，白色的床架，白色的床頭櫃，窗邊一個有淡紫色椅墊的白色的貴妃椅，還有一組、白色的、寬約一百二十公分的化妝檯，是固定式的，不是收納式的。

臥房穿過衣櫃間就是主臥房的浴室。衣櫃間大約兩坪大，左右都是衣櫃，每一種樣式的衣服都整齊收納在特定規格的櫃子中，長的大衣、風衣、外套在一格，短的針織線衫外套在一格，襯衫在一格，褲子另一格，洋裝長裙各自有收納的空間，還有一個約從腰部到頭頂高度、有壓克力材質透明門的珠寶飾品櫃。兩坪大的衣櫃間，只有一格抽屜櫃跟一格吊衣格中放的是男性的衣服。

主臥室的浴室，跟五星級飯店的浴室相比，有過之而無不及。象牙白的浴缸臉盆，直徑一公尺的橢圓鏡，鏡子的兩旁還有水晶燈飾。最不可思議的，莫過於在浴缸旁的大理石臺上，有六支粉色系、紫色系的大蠟燭，蠟燭身上還有乾燥的花瓣，或繫有乾燥的薰衣草。

「俊凱，你拿單位的相機去拍飯店的浴室，不怕被檢舉嗎？」

趙司博似乎是與航警局的『朋友』聯絡完畢，回頭加入李明克。

「這個，是現場的主臥室浴室的照片。」

「這？怎麼可能！」趙司博一臉不可置信的表情，「香氛蠟燭，還整個衣櫃都是女性的衣服！」

「對於一個四方說法都認定是『受家暴』的女性而言，」黃俊凱拿回平板，關閉螢幕，「從居家生活看起來，房子的女主人確實不像『受家暴婦女』，她的空間太大，孩子的空間被壓縮到只有一間房間，而說真的，我完全沒辦法在屋內感受到何處是屬於男主人的空間。」

想到在偵訊室中劉永安的愧疚、慌亂、以及異於常情的禮貌跟客氣，梁姓夫婦跟蔡組長口中的『家暴』，究竟是真有其事？

住處的整間屋子裡面找不到任何的電腦資訊設備，或是任何網路遊戲相關的硬體設備，那麼，劉永安是如何的『宅男』？還是另有隱情？

房子的擺設太過簡單，一點也不像個住家；當中相當多的擺設，對於家有一歲大的小男生而言，都是容易傷到自己的危險物品。如果梁欣怡真如所有人所言的那麼疼愛孩子，照理說全家應該都是軟質耐摔沒稜沒角的物品，器品也該是塑膠材質或是康寧材質，怎麼會只有玻璃跟白瓷？

家中連個筆記型電腦也沒有，也沒有書，也沒有與研究所課程有關的資料。蔡組長說梁欣怡很認真地在進修研讀，照理說應該要有多益或日檢等語言考試的練習本，研究所的課程資料應該也是一落落。縱然每個人的讀書習慣不同，但是在研網路犯罪的人，手邊有一兩臺筆記型電腦，應該才正常，不是嗎？

「我，要過去交通組，看一下梁欣怡的座位。」

該在的東西不在家中，總應該在辦公室，況且，還有幾個問題想要試探一下交通組中梁欣怡的同事。雖然會被轟出來，但是李明克是去定了。

「小隊長，我有照片，你要不要看照片就好？」黃俊凱非常擔心李明克的安危，誠懇地建議著。

「麻煩你帶我過去，有些東西我想自己找、自己看。小趙，有孩子跟劉姓夫婦的下落時，記得通知我。」

李明克拍拍身上口袋，確定沒有遺漏了什麼東西之後，起身就往科部門口走去。

「明克，你不是要聯絡王副大隊長的兒子？」趙司博趕緊提醒。

「對，我沒有忘。但是得先等等，」李明克嘴角上揚，「趁著梁警官的父母還沒來警局鬧，趁著剛才的記者會必然給交通組一些『震撼』，正是去尋找幾個疑問的答案的好時機。之後，再跟日本聯繫也不遲。」

6. 週二，下午十二點十分

離開了防治組，看著對面那間亂烘烘、人進人出的交通組，再看到一旁安靜無聲、只有一名員警站在門口警戒的偵訊室，李明克忽然躊躇不前。究竟是直接再進去偵訊室訊問劉永安，把自己心中所有的疑問問出個所以然來？還是先去交通組探聽消息，等到資料充足了再回頭跟劉永安對質？

劉永安應該依然是一直道歉；對於案情，劉永安應該也只會不斷重複著是他殺了妻子的言論。真的要撬開劉永安的嘴，讓他陳述行兇動機，以及犯案後四十個小時的行蹤，也恐怕只有在李明克手頭人證、物證都充分的情況下，才有可能達成的任務。

但是，現在正是去試探蔡彩貞還有交通組組員的好時機。

方才的記者會，梁姓夫婦的言論勢必，不對，是必然，會引起不安。蔡彩貞組長是那麼認真、那麼盡力地在立案，並且將案件往「預謀殺人罪」這個刑期為十年以上的罪名偵辦。但是，梁家人一句「警方知情不辦，還縱放嫌犯，打算輕辦」，必然讓蔡組長很受傷。

對於整個分局而言，現在的李明克雖然不是盟友，但已經不是敵人；而他們盡力保護的梁家人，從自己人，變成了令人心寒、「忘恩負義」的敵人。

這正是可以問到新事證的好時機。

「俊凱，在梁警官的私人物品中，除了集乳器以外，還有找到筆記型電腦、隨身碟、考試用書或是筆記本、課本類的東西嗎？」

「沒有。」黃俊凱走在李明克前方半步，替李明克引路。

「考試證照、證書、成績單的正本影本資料？」

「也沒有。」黃俊凱搖搖頭。

「那麼，有什麼？」

「換洗衣物，乾糧，茶葉、咖啡飲料包，化妝品。其他的就是工作物品，像祕錄器、錄音筆這類的。」

「沒有隨身碟？」

「沒有。但是，在查她的電腦的時候，倒是有不少瀏覽雲端硬碟的紀錄。」

「所以，她使用dropbox、onedrive這類的裝置在儲存資料，是嗎？」

「其實……」黃俊凱揉著耳垂，一臉尷尬，「我當時只進行到查閱瀏覽紀錄，還來不及詳查，就被蔡組長踢出辦公室了。」

「資料存放在雲端，安全嗎？」李明克停下腳步。

「問我？」

「對。我有個朋友，在醫院工作，經手、分析相當多的病歷資料。而她是我這一輩子看到，擁有最多隨身碟、行動硬碟的人。」李明克忽然笑得像在戀愛中的男孩，「我曾經建議她用雲端。她說，雲端並不安全，任何一點失誤都容易造成資料外流。」

「電腦沒有登出、瀏覽器瀏覽資料沒有清除、手機沒有上鎖又隨意亂放，甚至任何一臺訪問過雲端空間的電腦出了問題，都會造成雲端上資料的外洩。雲端的好處就只是方便而已。」

「那麼，一個在進修網路犯罪的女警，為什麼是使用雲端來儲存資料？」

「如果她當真是使用雲端做為資料儲存方式，哈！如果我是駭客，我可就樂翻了！」黃俊凱大笑，「我只要潛入她的雲端，夾個木馬在某個頻繁使用的檔案中，之後，我逛警局就跟逛自家廚房一樣的輕鬆。不只能知道警方內部的行事時程跟規章，連案件的偵辦進度都能掌握；這些資訊還能拿去賣。然後，我就可以買個真豪宅、退休、過生活了。」

「是啊。所以，梁警官真的是在使用雲端硬碟嗎？」

「我等等請資訊那邊幫忙查一下。」黃俊凱揚了揚手中的平板，「上千張照片，雖然現場很乾淨，但是也採了三四箱，夠我忙上好一陣子了。」

「反正案子壓不下來了，有必要的話就請刑大的資安大隊幫忙吧！他們專門處理數據資料的。」李明克說，「現場不是乾淨得像樣品屋，你們竟然還能夠採到三四箱跡證。」

「死者身上披的那件風衣，浴室的牙刷、梳子，應該是穿過但未清洗的孩子的衣物還有用品一兩件。其他的就是現場每個角落、每件物品的集塵。房子大，當然物證就多了。」

「梁警官在辦公室中的個人物品，有家人或孩子的照片嗎？」

「這個……沒有。不過，倒是有個很奇怪的東西。熱熔膠條，三十公分長的熱熔膠條，而且不只一根。辦公桌的每個抽屜各放有幾根，個人置物櫃中有兩袋，而她放在置物櫃中的備用包包中，每個包都有一到三根。」

「熱熔膠條？除了黏東西，它還能幹什麼？如果是尼龍束帶這種用來束犯人或修東西用的，還稍微說的過去；但是熱熔膠……」

「然後，」黃俊凱露出『好戲還在後頭』的表情，「沒有找到熱熔膠槍，也沒有找到打火機，而且所有的熱熔膠條，都沒有燒過的痕跡。」

這下把李明克搞傻了，熱熔膠條除了融了拿來當黏膠，另外就是拿來做為體罰的工具。辦公室中也沒有東西需要修，審訊犯人也不是交通組的工作，況且現在早已明令不准刑求、暴力取供。梁欣怡需要那麼多的熱熔膠條做什麼？

站在門口往辦公室房間內望去，交通組內一片忙亂，手機、座機的鈴響此起彼落，還夾雜著通訊軟體的提示聲響。蔡組長疾走在嘈雜的聲響中大聲斥喝，上一秒才在訓斥坐在眼前的一個穿著制服的女姓員警，下一秒又針對著位在辦公室另一方角落、正在講電話的男性，尖聲指示該如何回應電話；同時，手也不停地翻閱著一疊資料，而雙眼則是死硬硬地盯著科組門外，但冒火的雙眼則是對準著在離門最近的一個座位上那一位從容撰寫新聞稿的人員。看來，那應該是公關組的，專門處理警局的社會形象。

「請把現場各個房間，還有被害者陳屍位置的全景照，傳給我一張。如果有任何的新訊息，也麻煩告訴我一聲。」

李明克拍拍黃俊凱的肩膀，感謝黃俊凱的陪同，並示意黃俊凱可以回去他的工作崗位。先深吸了幾口氣，李明克直往蔡彩貞走去。

「李小隊長，」蔡彩貞的聲音尖銳刺耳得好比起降的飛機，「你……你……你……你為了搶這個案子，搶得這麼不擇手段是不是？去教唆梁欣怡的父母出來開這種違背事實的記者會，刻意要顯出我們的無能，是不是？你說啊！你說啊！」

「蔡組長，我剛才在偵訊室中，才想到，我還沒有問妳死者的父母住在哪裡、如何稱呼。請問，我要如何『聯手』兩位我根本不認得的人，開一個傷害警界形象的記者會？」

「你……不管！一定就是你！一定就是你，除了你還會有誰。」

「組長，他們要派刑事局的過來……」

「我剛才不就告訴你了，全部給我拒絕！我管他是署是局還是，這個是我的案子，我……」

「來，電話給我。」李明克伸出了手，接過了電話，「報告長官，我是李明克……是、是……當然不知道……剛好過來找個朋友……對……其實也是剛才看到記者會時才知道……是！屬下一定盡力協助偵辦……謝謝長官。」

李明克放下話筒，鷹眼掃視了整間辦公室。

「蔡組長，正如我一開始所言，我不是來搶案子，只是來協助的。」李明克靠在辦公桌，「說實話，我根本不想接這個案子。我老早就請好假，就今天晚上的飛機。我不想取消、不想對不起我的荷包，所以我一點也不想要接這個案子，我一點也不想留下來寫報告，更不想在旅行的途中還得分神寫報告，我只想出國休假。現在，我們可以冷靜平和地處理這件案子了嗎？」

李明克將整個辦公室從左到右來回掃視了一次，跟每一位同事都對上了視線。辦公室中十來個人，除了仍然暴怒卻不敢再張揚的蔡彩貞，以及從一開始就哭得亂七八糟的小實習女警之外，每個人都給李明克一個正面答覆的表情。

「好，既然大家都沒有意見，那麼就開始吧。大家都熟悉流程，我相信各位也都知道如何簡單陳述重點。嫌犯劉永安自首到現在已經超過半天了，我們的時間非常緊迫。」李明克清了清喉嚨，「被害人梁欣怡最後出現的時間跟地點為何？」

「她週六中午才離開分局，」一個身穿淡藍色一字領上衣，眼睛腫得核桃大，卻還相當冷靜的女性回答著，「欣怡說因為她下週請假，所以來加班。沒想到就是最後一次……」

「當天梁姓被害人有任何異於尋常狀況的言語或行為嗎？」李明克問。

「李明克，我告訴你，她是有名字的，她叫做梁欣怡，不准……」

蔡彩貞安靜不到兩分鐘，又開始張牙舞爪地要從李明克手中奪回案件的主導權。

「無論被害人是誰，這就是一件刑事案件。個人的情緒，憤怒跟不捨、難過跟哀悼，等到案子無瑕疵地移送法院之後，再來爆發。」李明克語調不急不徐、不溫不火的，「當天，梁欣怡有任何異於平常的言語或行為嗎？」

「她週六清晨督勤回來時，有對於她的去日本的旅遊計畫稍微抱怨了一下。」一名看來與李明克年紀相仿的男性，「不過，梁欣怡對於她的丈夫，總是有些抱怨。」

「抱怨不理家，抱怨玩電腦，抱怨不賺錢，抱怨公婆不好相處，抱怨不照顧孩子，抱怨沒有金錢觀念，抱怨不貼心，是嗎？」李明克一口氣將記者會還有蔡彩貞的說詞做個簡單俐落的整理。

「差不多，還有抱怨她丈夫不疼小孩。」男性員警頓了頓，側頭想了一下，「但是，那天稍微有一點點不一樣。」

「怎麼不一樣法？」

「她在抱怨她丈夫這次的行程規劃完全沒有考慮到她。」

根據之前聽到的說詞，劉永安是一個非常武斷、不考慮他人感受的人。那麼這次的抱怨，明明跟以往一同，為什麼會覺得奇怪？

「因為，我印象中，這次的日本旅遊，是梁欣怡自己提的。幾個月以前聽到她說她想去，但是不知道她丈夫會不會同意。所以那天清晨，聽到欣怡說她想去的是韓國，但是她丈夫完全不考慮她的想法，時，我覺得有點奇怪。不過也沒有追問。」

察覺到李明克的疑惑，不等李明克追問，就把因由整個陳了出來。

「欸！阿派，聽你這麼一說，我才想到，欣怡上週才在高興說這趟日本行是他們夫婦的二度蜜月，沒有孩子來打擾。但是，這週查酒駕時，欣怡跟我說她的公婆硬是要把孩子帶走，不讓孩子跟她出國去。」

「她有跟任何人說，她去日本的目的是什麼嗎？」

「當然有！」實習女警喊得很大聲，「欣姐說要趁日幣很便宜的時候，去日本掃貨，還問我有沒有要什麼。」

「不是吧！欣怡是去參加那個什麼網路資訊的研討會的，一連五天吧！」一個小平頭、髮色花白的中年男子道，「我還跟她說，雖然工作要緊，但是，難得出去了也要抽時間四處走走、好好休息。欣怡還跟我說她要認真、要工作、要研習，行程很滿，沒時間去買東西什麼的……」

「副組長~你老了啦！欣姐跟我說她是去玩的，還答應要幫我買面膜、超夯吹風機回來了，你聽錯了。」

「喔，這樣，啊哈哈哈！我老了，我老了。」

雖然這位『副組長』像是被孫子逗樂的祖父一般呵呵地打趣著，但是他的眼睛卻很老實地陳述著『我相信我沒有聽錯』。

「那麼，有沒有人真的，我是說真的、有實例的、有親眼見過的，不是只聽梁欣怡轉述的，知道梁欣怡跟劉永安他們夫妻之間的相處？」

李明克丟了個新的提問終止了上一個快要失控、將會引發爭執的問題。

本來以為在場同仁會很踴躍發言，結果看到的竟然是面面相覷，每個人都尷尬地看著其他人。

「有誰，在今天之前，有見過劉永安的？」

「其實大家都有，」副組長打破了沉默，「永安常常來接欣怡下班。」

「那是因為那個畜生控制慾強，不准欣怡在家、公司跟學校之外，有任何其他的活動。所以，劉永安才每天這樣接送欣怡上下班。」蔡彩貞說道。

「控制慾嗎？」副組長思量了一下，「說真的，永安從來沒有因為欣怡延遲下班，有任何憤怒或生氣的表現。有時候，永安還在外頭等了三個多小時。欣怡出去的時候，也沒有害怕、恐懼的神色。」

「劉永安接送上下班？還等她下班等三到四個小時？」

「對。就帶著孩子，在外頭等，從欣怡進來的第一天，到……」副組長忽然說不下去的樣子，頓了一下，「所以，昨天晚上永安進來的時候，我直接認為是來接她下班的。」

「帶著孩子？」出乎李明克的想像。

「是啊！父子倆，就坐在車子裡面，等欣怡下班。有幾次我看不下去，跟永安說要不就進來分局等，這樣孩子活動空間也大；要不就先把孩子帶回家；要不我就讓欣怡回公司來簽退下班。永安就只是一直點頭，靦腆地笑著說：『沒關係，可以慢慢等，不用催促。』」

「『靦腆地笑著』，你當真當那個畜生是人類嗎？」蔡彩貞賭氣樣地坐在一張椅子上，「帶著孩子等欣怡下班，目的就是要拿孩子讓欣怡心生痛苦。誰都知道欣怡最疼孩子了，讓孩子在車裡等她幾個小時，讓小孩不能好好玩、好好休息，就是，是那個畜生對欣怡的認真工作最好的報復，還能藉此證明欣怡是沒能力照顧孩子的。」

「副組長，請問，每次梁欣怡逾時下班時，都沒有害怕、恐懼的神色，還是只是偶爾？」

李明克恭敬地向這位警界的前輩提問。其實，探聽、八卦同事的隱私，從來都不是一件能讓人心頭舒坦的事情。

「至少，在我有看到欣怡下班的時候，欣怡的態度都沒有害怕或恐懼，」果斷地回答之後，副組長又補了一句，「不過，當她悶頭往外走的時候，臉上倒是有一絲絲的不耐煩。」

人情義理，捨不得孩子久候，應該是會衝出門、快步奔到孩子身邊，表情應該是喜悅、神色理當是期待。如果劉永安，真的像蔡彩貞所說，是以剝奪孩子的生活舒適度來報復梁欣怡的認真工作，那梁欣怡更該是飛也似地、急迫地趕去解放孩子的苦難，神色應該是沉重還有驚恐。

問到此，李明克心中的疑惑迷霧開始散了。

無論梁欣怡是在美化自己的人生還是在編造謊言，她給身邊每一個人說的故事，角色相同但是內容不一致，但是，有相同的故事的主旨，那就是「她是婚姻關係下的受害者」。

但是，她是嗎？

很多時候外人眼中的「模範夫妻」，關起門來是家暴家庭；在一段關係之中被暴力對待、卻又因為不明原因而離不開的那一方，在外人面前總是竭力塑造「生活非常美滿」的形象。以這種情況而論，梁欣怡一點也不像受暴婦女。反而是劉永安的言行，感覺還比較像受暴家男。

等等！

「梁欣怡有敘述過她怎麼認識劉永安的嗎？」

「來的時候欣怡就已經登記結婚了，但是，直到她在美國安胎的時候我們才知道。當然啦，從時間上算起來，一定是奉子成婚的。」

蔡彩貞一臉『男人都是精蟲衝腦、都是不負責任的』的表情，白了李明克一眼。

「看來，梁欣怡也不曾提過兩人是如何相識的。」

「但是，我去過她補請的婚宴。」藍色上衣的女警說，「司儀說，兩個人是在工作場所認識的。可是……」

「可是沒有細說，你也不知道。」李明克替女警說完話，接著追問，「她只有邀請你嗎？」

「其實，」女警看了一下辦公室的人，「欣怡給每個人都發帖子了。那天看座位的安排，女方的桌大概有六十六桌。」

「婚宴還辦得挺大的。」

女方親友都可以到六十六桌了，總桌數應該破百了吧！

「席開七十桌，整個餐廳都包下來了。」

「婚宴？還是歸寧？」

「婚宴。欣怡沒有辦歸寧。」

這回，李明克可管不住自己的表情了，『不可置信』四個字毫無遮覽地寫在臉上。

沒吃過豬肉總看過豬走路，沒看過豬走路也至少看過卡通上的豬，沒結過婚總也參加過不少婚宴。婚宴以男方家為主，歸寧才是女家宴客，這個傳統李明克倒是知道得清楚。席開七十桌，女方有六十六桌，這個陣仗，說是女方招贅也不為過。難怪孩子會從母姓。

「婚宴的現場，應該，非常浪漫吧？」李明克堆起溫暖的笑容。

「嗯！當然！欣怡的婚宴根本就是夢中的婚禮，有馬車、有九百九十九朵玫瑰、六套禮服，後來欣怡說白紗跟旗袍是找設計師量身訂製的。我們聽得都好羨慕。」

女警笑得燦爛，臉頰都紅了；忽然，發覺不妥，才尷尬地低下頭來。

「那麼，她有邀請妳去她家過嗎？」
「沒有，」女警搖搖頭，「但是她有給我看過照片。」
李明克拿出手機，滑出黃俊凱幾分鐘之前傳給他的檔案，找出客廳的照片，拿給女警看。
「是這裡嗎？」
「對！不過……」
「不過？」
「這裡，」女警指著電視機旁的那兩座展示櫃，「奇怪，這裡本來有一些威尼斯的玻璃的工藝品，怎麼都不見了？」
「威尼斯的玻璃工藝品？」
「對。欣怡蜜月的時候從義大利帶回來的。」女警補充，「貨卸了、月子做完了之後才找時間去的，所以玩了很多地方。」
「怕小孩子拿去玩所以收起來了，愛孩子的媽媽都會做出對孩子最好的決定。」
對於自己被冷落，案子主導權被搶走，看起來還被有模有樣地偵辦著，蔡彩貞心裡非常的不是滋味。因此，任何一個能夠強調『我的屬下梁欣怡是個難得的優秀好女人』的機會，蔡彩貞絕對不會放過。李明克不理會蔡彩貞的冷言冷語。
死者不能為自己辯白，但是，向生者打聽死者的私事，確實很不上道。不過，為了讓事情的真相浮現，探就隱私也是不得不的手段。現場的物證跟現在的人證，目前都說明，梁欣怡才是家庭關係中的強勢者，但是，梁欣怡卻習慣性地將自己包裝成為弱者與被害者。梁姓夫婦兩人應該很清楚知道自己的女兒的家庭生活是什麼模樣，卻能在電視鏡頭前面慷慨激昂得那麼自然。現在，李明克想要知道，究竟還有多少事情，實際上僅是梁欣怡自己在文創、在編的故事。

由於住家內沒有找到電腦設備，那麼梁欣怡對於劉永安是宅男、自己正鑽研網路犯罪這一塊，當中的事實究竟有多少分。

「梁欣怡有在使用個人電腦嗎？」

「沒見過。她在公司時都用公司的電腦。」一個雙眼布滿血絲、臉上爬滿疲倦的男性說。

「她有隨身碟或隨身硬碟嗎？」

「欣姐說，雲端比較好用，而且很便利，身上也不用帶一堆東西。而且，隨身碟接來接去非常容易中毒。」實習女警大聲地回答。

李明克嘴抿得死緊。

連進修的專業領域這個部分，梁欣怡都可以說故事。但是，學籍這件事情是白紙黑字，編造不來。如果連網路安全上如此基礎的知識梁欣怡都不知道，那麼，她是如何通過入學考試中，研究計畫書書面審查這一關的？

看來，是到了詢問王副大隊長的兒子的時候了。

「蔡組長，我向妳保證，下午五點半，就是四個小時之後，我會讓妳親手移送嫌犯劉永安到法院交給邱檢察官，而且還帶著完整的證據，包含動機，以及行兇到自首之間，嫌犯去了何處，做了何事。」李明克起了身，往蔡彩貞面前走去，字字鏗鏘有力地對著她說，「在此之前，這個案子，是我的。」

7. 週二，下午十二點五十

又回到了防治組。

進去繞了一圈，找不到那個囂張的趙司博的身影。李明克大剌剌地一屁股就往趙司博的椅子坐了下去，抄起了座機話筒，撥了電話。

左手接著話筒，右手從桌上的筆筒拿起一枝筆，轉起筆來。

「副大隊長，我是李明克。」

「報告，是、是，長官你只是要我來瞭解，這個我明白，但是那場記者會，讓分局這邊亂得可以，所以就接了。」

前方的螢幕映照出李明克極度無奈的臉。

「是——是——對的，分局這邊，其實是交通組那邊，堅持以預謀殺人成案。但由於死者是他們自己同仁，所以完全是以死者過去對於夫妻、家庭生活的情況的敘述，作為案件偵辦的證據。」

「報告副大隊長，劉永安……真的不是無辜的，他真的殺了他的妻子。」

對話那頭是一陣靜默。

想到早上副大隊長那失魂落魄的言行，李明克實在捨不得讓王嘉鴻這位老前輩承受這種痛苦。

「但是，報告副大隊長，根據目前我偵查到的證據，我認為劉永安並非預謀，但是，確實有充分的行兇的理由。」

「副大隊長，我自己認為，這個案件比較符合衝動殺人，而很有可能屬於，」李明克斟酌著該用什麼詞彙來說明，「爭吵意外，或是防衛殺人。」

「這個證據嘛！行為證據、物證上，各有一些能支持的，但是還需要再追查。」

「是——是——是——報告副大隊長，我會追到底的。而確實有些事項需要副大隊長您的協助。」

「目前沒有管道聯絡劉永安的家人，不知道副大隊長您有沒有可以聯繫到他們的方式？」

「劉永安的老家的地址，副大隊長您知道嗎？」

「嗯——嗯——知道——是是——我瞭解，沒地址有大概位置也很好。」

李明克從桌上亂抓了一張準備回收的廢紙，依著電話，畫了一張簡單到不能再簡單的「藏寶圖」：直線是道路，方塊是公園，圓形是公廟。本來想以X形標示住處位置，但那會跟十字路口搞混。正打算畫個三角形時，李明克停頓住了，複誦了一句：「一大排老公寓中的……一戶？」

這怎麼找啊！李明克心想。

「問公廟的人說要找劉教授，就可以了？」又是一句複誦，卻比上一句的語氣更茫然。

「報告副大隊長，我會按你說的，去古亭站羅斯福路的土地公廟後巷、過了三個路口、一邊有個小公園的地方走一趟，看看能不能把動機跟整個犯案經過查出來。還有一件事情，您說永安的哥哥在美國，知不知道住在哪裡？怎麼聯絡？」

「喔！是這樣啊！——既然是很小就被帶去美國治病的，當然不太願意讓外人知道。是、這我瞭解，沒關係，副大隊長，我再來想想有沒有其他辦法。」

再三保證一定會公允追查到底之後，李明克掛上電話。

現在，李明克至少知道，永安的父親在大學教書，是看石頭做地震的，媽媽好像本來也教書，辭職了帶著永安跟他哥哥去美國生活。永安的哥哥永平，得的是那種學不會跟人溝通講話，但卻不是笨蛋的那種病，這在臺灣確實不好過，所以做媽媽的就辭職帶著小孩去美國治療了。說起來，這是正經的讀書人家庭。

天下沒有工作是不辛苦的，跑業務的勞力，教書的勞心，做研究的耗腦，做工程的賣命。但是，警察的工作，在販賣體力之餘，家庭生活也犧牲掉了。輪班排到週末，就失去參加孩子各種比賽的機會；遇到比較大一點點的小案子，就兩天回不了家、見不到家人；遇到大一點點的事件，停休，四五天才回一次家。遇到矚目的事件，一兩週全在待公司也不足為奇。

最後，能付出給家庭的，就是微薄的薪水，以及動用小關係探聽孩子的朋友的家庭背景，以免孩子胡亂交友走上歧路──就像王嘉鴻副大隊長這樣。

仔細想想，還真讓李明克有一點難過。

畢竟自己也是沒日沒夜、沒家沒友地的打拚了十多年，才有今天的成績。大家都認為，賣力拚到了某個位階，就代表工作的方向、生活的品質可以獲得保障，時間的安排是也能操之在己。

以前，看前輩擔任小隊長，每天不是泡茶聊天，就是坐在沙發上聽報告，動嘴巴給意見；排休的時候，不是去爬山健走就是去泡溫泉，好不愜意。

現在，自己到了這個位置，才知道，不是只出一張嘴就能給意見，背後可是十多年的專業經驗；窩在辦公室泡茶聊天不是因為太閒沒事幹，而是在那個沒有手機的年代，唯有坐鎮在公司才能督導、掌握手上各個案件的進度、以及給予即時的任務指派；去爬山、去健走、泡溫泉，是因為不能離公司太遠，因為隨時有可能要被叫回公司負責案件。

以為越往上走，生活就越能自己主導。可是，等爬到不受制於人的位階時，孩子們長大的長大了、工作的工作了，自己的婚姻大概也早觸礁。之後，還能主導什麼生活？最後，就是帶著遺憾，繼續坐鎮公司茶水間，泡茶、聽報告、給指示。

「我回來了，對不起留你一個人。現在，你可以不用想我想得這麼出神。」

不知何時，趙司博重新出現在自己的辦公桌邊。

「誰想你了來著？」李明克白了趙司博一眼，「肉麻的話跟你女朋友講就夠了，我pass。」

「不用怕死。我們兩個人之間的感情，她知道了也不會對你怎麼樣的。」趙司博嬉皮笑臉地說。

「夠了。」

「哼哼！這麼沒有情調啊？」趙司博看著手機，嘴巴也沒停下來，「等一下你一定會無法自拔地愛上我的。然後就要請我喝杯咖啡。」

「想得美。」李明克臉上寫著『最好是』三個大字回送給趙司博。

「唉！這麼不相信我啊？好，那我要說了，準備崇拜我吧！」趙司博露出奸詐的表情，「梁宇仁，十四個月大，男性。與祖父劉尚謙，祖母詹美珠，搭乘週日晚間九點，由臺北飛往洛杉磯轉華盛頓的飛機。」

趙司博一臉勝利的樣子看著坐在自己椅子上、五官扭曲、臉色一陣紅一陣白的李明克。

「美式還是拿鐵？」話從李明克齒縫中硬擠出來。起了身，把椅子還給趙司博。還將椅子撣個塵，恭恭敬敬地欠個身。

「不得不崇拜我吧！」趙司博坐了下來，喚醒電腦，叫出電腦版的通訊軟體。

趙司博滾了滾頁面，「私下探得的資料，所以就別多問。孩子出境是用臺灣護照，入境美國是用美國護照。而劉尚謙跟詹美珠兩人，有綠卡。」

「綠卡嗎？」

「對，是由身為美國公民的Liu, Yong-Ping申請的。」

「劉永平，劉永安的哥哥。」

「是的。劉永平是一間位在華盛頓D.C.的資訊與統計公司的老闆。」

李明克瞪大了眼，盯著趙司博。

「瞪我幹嗎？」

「資訊與統計公司？在做什麼的？」

王副大隊長不是說，劉永平是類似自閉症患者，怎麼可能自己開公司？

「他們的網頁上說，他們主要是做大數據分析，從民調、市場調查、政府數據分析、研究單位的數據分析，以及臨床試驗的統計分析，等等。」

趙司博點開縮在角落的瀏覽器，分頁上開的正是這間資訊與統計公司的公司介紹。簡單、俐落、樸素又一目了然的網頁，頁面的右上角放有一張照片，照片的圖說寫著“Yong-Ping Liu, CEO”。

李明克仔細打量這張照片，照片中的人，跟關在偵訊室中的劉永安，幾乎是同個模子印出來的，只不過劉永平的額頭比較高、眉骨比較明顯、下巴有顆痣；看起來也比劉永安多了非常多分的自信，雙眼更有神。

就照片看起來，劉永平並不是自閉症患者，比較像是無法應付臺灣教育方式的天才。假設如王嘉鴻副大隊長所言，劉家父母都是教育工作者，那麼，會察覺到孩子的天賦，並且願意將孩子帶去適合發展的國家生活，是一個很合乎情理的決定。

「現在能聯絡得到他們嗎？」李明克指著螢幕。

「我看看喔……華盛頓跟這裡的時差，正好是十二個小時。所以那邊現在已經凌晨。」趙司博轉頭說，「早睡了。」

「上面有沒有公司的電話以外的聯絡方式？比如說劉永平的電子信箱之類的。」

「我……看……看……」趙司博跳轉了幾個頁面，「看起來沒有，有公司的電話、公司的傳真，還有公司的地址，有刊載的電子郵件地址看起來都不是劉永平的。」

「好吧。」

「有幾張監視器的截圖你倒需要看一看。」

李明克身子探往前方，盯著螢幕。三張手機翻拍的照片。

三張照片大同小異，都是在機場的航空公司登記及行李托運的櫃檯。櫃檯前方站著兩男一女三個成人，女士還抱著一個很小的孩子。年紀稍長的男性拿著三本護照跟地勤人員講話，年紀稍輕的男性則正將行李放上秤重輸送帶。

年紀輕的男子身上的服裝，跟現在在偵訊室中劉永安的穿著一模一樣。

「確定這個是劉家人嗎？」李明克問。

「確定。從出境資料找到人，從人找到航班，從航空公司找到登記的時間，從登記的時間調到監視器，從監視器畫面看起來是符合我們要找的團體。」

「所以劉永安從週日到自首，都穿同一套衣服。」

早上在偵訊室中，不覺得劉永安身上有汗味、體味，整個人也打理得乾乾淨淨的，當時認為，劉永安必定先梳洗過才來警局。現在的照片看來，劉永安應該是從週日到今天，都是穿同一套衣服。

「有些人的衣服是一式多件，」趙司博說，「或許這不代表什麼。」

「從住家的衣櫃看來，劉永安的衣服沒有多少件。所以要不就是他兩天來根本沒換，要不就是他只有一套衣服可以穿，他來之前有清洗過。如果是後者，那劉永安賣力整理清掃的背後目的，就值得探究了。」

李明克拿過滑鼠，開始放大照片。

「小趙，我記得搭飛機時，航空公司對行李有一些限制，是不是？」

「對！臺灣出去的，一般而言，兩件，總重二十公斤。單件重量不要超過二十三。隨身行李是七公斤。當然啦！三個艙等的限制不一樣。頭等艙好像能到四十，商務艙好像能到三十。」

「他們倆個成人，總共有……八只大行李。」李明克點著螢幕算著。

趙司博指著第三張照片中的櫃檯，三本綠色的護照旁邊，各放有一條長條形的白卡。

「行李是看機票數量算，不是看年紀。這裡有三張登機證，所以是三張機票。」

「如果，自己的兒子在美國開有公司，而且自己也已經長年臺北、華盛頓兩地住，需要帶這麼多東西嗎？」

「不，不需要，吧？」

「而且行李看起來不重。」

李明克指著第二張照片，劉永安單手拎起一只半個成人高度大小的行李箱。由於行李箱是軟質的，看得出來箱內東西放很多，多到箱面都鼓圓了。

「現在繼續坐在這裡，也不可能查到什麼新的事證。」李明克從口袋中摸出車鑰匙，「我剛才問到了劉永安的老家，正要去那邊探問一下附近鄰居。你要一起嗎？」

「明克，你不是要通電話去日本？」

趙司博抓起側背包跟手機，跟上李明克的腳步。

「先等等。我還不清楚案件的核心關鍵到底是什麼，現在電話過去，也還是只是在確認已知的事實，包含夫妻的相處方式、生活安排、有沒有動機等等，頂多就是追問劉永安何時用何種方式安排到日本旅遊，還有就是劉永安的經濟情況。」

「這些不就是關鍵問題？」

「當你找到劉永平是一家公司的老闆時，劉永安的經濟情況已經沒那麼重要了。」

「為什麼？」

「因為統計公司是靠紮實的專業在賺錢的，至少，有個做臨床的朋友是這麼形容那些能接臨床數據資料分析的統計公司的。」李明克回答，「所以我相信，劉永安即便不工作，靠家裡也有足以應付生活開支的經濟能力。況且，他的家人大可在公司安插個頭銜，那樣，就更方便他生活了。」

「公司在美國，人在臺灣……」

「資訊公司靠網路，不靠地板路。所以，只要能聯得上網，任何地方的人都可以是公司的員工。」

李明克停下腳步，回頭看著趙司博。

「雖然實習女警轉述，梁欣怡抱怨劉永安有很嚴重的財務透支問題。但我現在並不認為那是事實。然而，現在也沒有時間去調閱金融跟聯徵的資料進行確認；但是，有些時候街坊鄰居可能比聯徵中心還更瞭解某些人的經濟狀況，也可能比親戚朋友還瞭解家庭狀況。」

「所以你要去八卦？」

「對。去劉永安的老家附近探聽探聽。順便瞭解劉永安的父母究竟是怎樣的人。」

李明克看了一下時間。

「一點半了。快沒時間了。幫忙聯絡一下黃俊凱，請他採證劉永安的衣服。如果劉永安從犯案到現在都還沒換衣服，衣服就是很重要的證據了」

8. 週二，下午一點四十分

坐上車子，李明克將手機接上車內的免持系統。在發動車子的同時，李明克撥出一通電話。

「給誰？」趙司博歪著頭讀著手機，「廖……」

「廖志緯，法醫。看看他現在處理得如何了。」李明克往交流道方向前去，「從屍體被發現到現在，也十二個小時了。應該已經有一些初步的結果。」

「喂？」電話被接起。

「大法醫，我李明克。」

「你不是說你從今天開始請假？」

「是啊，我目前是休假狀態。」李明克打了方向燈，準備右轉上北上方向交流道，「你不也說你有同學會，要去衝浪，叫我別把案子塞給你。」

「你現在是要塞案子給我嗎？」一聲清脆的、乳膠手套彈打皮膚的聲音。

「要跟你問案子。昨天半夜的。」

「你很準，等我一下。」

電話那頭，在開門、關門聲之後，是水流聲。大約十秒鐘後，聽到手機被從桌上拿起來的『喀叻』聲。

「要知道什麼？」

「時間？第一地點？」

「時間，我目前的估計還是在週日凌晨到中午之間。」
「沒辦法再精確？」
「目前還沒辦法。首先是環境溫度的部分。由於現場應該開空調開了非常長的一段時間，因為客廳內沙發的椅墊、抱枕都比室溫稍低一點，冷氣室外機溫度很高。陳屍現場啟動冷氣，會加速屍體僵硬的速度，也會延長僵解的時間。我不知道原來冷氣的溫度設定幾度、啟動多久，所以無法進行準確修正。至於血液分析，現在結果還沒出來。但是，死者的消化道中，胃部已經排空，只在小腸有找到些許食物殘渣。」
「所以？」
「死者的死亡時間，是最後一次進食之後十個小時。只要你能夠問出來死者最後進食的時間，你就有死亡時間了。至於地點，被害者自死亡之後，就沒有被移動過。」
「所以那就是第一現場。」
「是。」
電話那頭傳來旋開汽水瓶蓋、汽水『唏唏颯颯』的聲音。不僅聽得李明克口乾舌燥，肚子也餓得咕嚕叫。
「死亡原因？」
「扼死，毫無疑問。」
「餓死？因為消化道沒有食物的關係嗎？」趙司博笑著。
「不是那個『餓』，是提手旁加一個厄運的『厄』的那個扼。掐死、徒手絞死。」廖法醫嗝了一口汽水的氣，「那個，是趙司博對吧？聽聲音就知道。沒你的事你參進來攪和幹嘛？還是你轉調行政警察了？」

「我是被李小隊長兜進來的，非我所願啊！」

「趙司博，」廖志緯冷冷地說，「以後外籍人士的死亡事件，我一定排定為最不重要案件。」

「小趙快餓死了，我們就自己來處理這件扼死命案。」李明克呵呵笑著，「徒手？」

「對，徒手。死者脖子上有非常明顯的手掌印。從手掌的大小，可以判定兇手應該是男性。加上力道相當得大，解剖後發現，除了舌骨骨折外，氣管也變形。因此我判定兇手應該是男性。」

「力道非常大。」

「同時，掌印顯示，兇手是雙手拇指交疊在氣管上方、雙手的中指交疊在脊椎，因此，兇手行兇的時候是與死者面對面的。」

「還有呢？」

「死者的指甲中有乾掉的血塊，我已經送去分析了。」出現廖志緯翻紙張的聲音，「由於死者的手掌也有皮下出血的痕跡，加上死者與行兇者是面對面的，死者應該有反抗，拳打、拍打、抓痕。所以指甲中可能有兇手的皮屑。」

「還有呢？」

「行兇的時候，兩個人應該都是站立著。從屍體陳屍的樣子來判斷，如果兇手是將死者壓在地板上，那麼死者的腳跟、手肘、背部應該會有壓迫出血或撞擊出血的痕跡。再來就是服裝會非常地凌亂，上衣在背部的部分應該會因為掙扎而混亂捲起。但是，無論是衣著的情況或是身上的傷痕，目前無法支持死者是被壓在地上後掐死的。」

「所以，是兩個人面對面；然後男子伸出手，掐住死者的脖子……」趙司博在副駕駛座上演練比畫著。

「等死者氣絕了之後，鬆手，讓死者垂落到地板上。」廖志緯說明著後續狀況。

「再怎麼說，梁欣怡也是名員警，柔道、擒拿術等體能的訓練是紮實的。面對面這種可以看得到危險來自何方的攻擊方式，梁欣怡應該有能力反制。」李明克開過了木柵焚化爐，「如果劉永安是預謀殺人，而且預謀了很久，他一定會設法排除梁欣怡的反制能力，絕對不會採取與死者面對面的方式。」

「繩索、下毒、刀砍、背後重擊等等。」趙司博條列出所有可行的『突襲』方式。

「對。所以這種，面對面，還是站立的，徒手，確實偏向衝動殺人。」

「行兇理由的追緝屬於你們的業務。總之，屍體目前提供的資料就只能解釋這些，其他的，就等化驗分析的結果了。」彷彿有一兩個人走到廖志緯的身邊，聽不清是說了什麼，還是遞了什麼，「黃俊凱跟你們聯絡了沒有？」

「沒。怎麼了？」李明克回答。

「他傳了一張照片給我，要我分析一下照片中的傷。俊凱說，這是命案嫌犯的照片。」

「沒有，我們真的沒收到。」趙司博慣性地搖搖頭，彷彿廖志緯人就在眼前似的，「他身上有傷？」

「有，而且很多。」

「是抓傷嗎？被死者抓傷的？」

「不是，不是抓傷。是屬於皮下出血，像撞到很多次桌腳、牆角似的痕跡，而且全部集中在背部。」幾聲清脆滑鼠點擊聲，「最新最新的傷痕都是黑心青邊，大概三天以前。但是整個背部，相同痕跡的傷痕，從紫紅色到淡黃色，都有。是個長期、有規律性發生的傷痕。」

「會是什麼造成的？」

「藤條的傷會更長，棒球棒、木棒會更寬……這我還要找一下，我現在還不能確定。再聯絡。」

沒道再見，廖志緯就掛斷電話。應該是去分析照片去了。

「小趙，麻煩請俊凱把相同的照片傳給我們……」

「說曹操就曹操，照片來了電話也來了。」

趙司博拔下免持裝置，接到自己的手機上。

「你們躲去哪裡了？」

一聽，就知道黃俊凱不知道是躲在哪個桌子底下或是櫃子裡面偷打電話。

「出來走訪。聽法醫說你有……」

「剛才去收劉永安的衣服，他很配合，一點也沒有反抗，更沒有問說有沒有替代的衣服可穿。只不過，他上衣一脫下來，就看到整個背部的傷痕。」

「整個背部？」

「對。背部，從肩胛骨以下到骨盆。大腿後方也有一些，但是只侷限在大腿的上半部。而我為了記錄他身上的傷，有請他，稍微，脫下內褲。很清楚的其實連臀部也有相同的傷痕，只是沒有背部那麼多、那麼密集。照片我傳給你們了，看到沒？」

「檔案太大，我手機還沒升到4G，還沒收完。」

「有抓痕或是被拳頭打到的痕跡嗎？」

李明克切入慢車道。古亭站就在眼前三個路口處。可以開始找車位了。

「沒有。沒有抓痕，也沒有被拳頭打到的傷。」

「照片我等等看。物證、跡證部分有查到什麼嗎？」

「有。現場沒有我們看的那麼乾淨。等等……」

一陣窸窸窣窣聲，椅子輪子的滑動聲，刷卡聲，開門聲，關門聲，鎖門聲。

「好。現場沒有照片上看到的那麼乾淨。在沙發底下的吸塵採證中，有不少矽質的碎片，透明矽質的碎片。而在沙發椅墊的夾縫中，有採到比較大片，但也只是零點五公分見方而已，的矽質碎片。」

「矽質碎片？玻璃嗎？」

「對。玻璃。」

李明克看到路邊一個殘障專用車位，深吸了一口氣，就把車子停了進去。

「很多嗎？」李明克打到停車檔。

「在客廳中擦不到跟清潔不到的地方，有很多。而且，在死者躺的位置下方，也有幾片較大的碎片，都不超過一塊錢銅板大小。」

「留有碎片的地方，都是沒有辦法被清潔的地方，對嗎？」

「對。所以我也立刻快速鏡檢在其他房間的這些吸塵、膠帶採集的證據。只有孩子的房間沒有矽質，玻璃碎片。」

「那……」

「蔡彩貞組長在找我，先這樣。幾張重點照片傳給你們了……」

「黃俊凱，現場難道沒有任何計劃書……」

蔡彩貞尖銳的聲音，迴盪在車內。

趙司博點出劉永安的背部照，表情凝結沉重地倒吸一口氣；接著把頭撇開，把照片遞給李明克。

整片背部，如電話中所言，從肩胛骨以下，看不到一塊有正常膚色的皮膚。淡黃色、黃褐色、黃綠色的瘀青上，躺著數十條黑色、紫色，不到一公分寬、約二十公分長的瘀青。新的瘀青集中在肋骨下方到腰部中間，橫跨著脊椎。

李明克閉上了眼睛。如果只有三五條，李明克很熟悉那是什麼，撕心扯肺的疼痛，他還有著深刻的記憶。但是，這是一大片，應該會是其他傷害造成的，吧？

「收起來。先去找鄰居探問劉家的情況。」李明克將手機還給趙司博。

「知道在哪裡嗎？」

「王副說，就是前面那間小廟後面的巷子進去，然後會看到一座公園跟一座大廟。屆時再問人就是了。」

正如王副大隊長所言，過了小廟不到五分鐘的腳程，就看到一座公園，公園中沒有人。一旁的宮廟簷廊下，就坐著一群身穿白汗衫、短褲、頭髮花白的老先生們，納涼、泡茶、聊天、休息。

來到廟前，兩人站定先雙手合十，恭敬地向神佛祝禱祈求。之後才走向聊天中的老伯伯。

「你好！泡得開港喔！」

「喲！你好你好。」一位老先生抬起頭來，回應李明克的問候，「袂兜陣林一杯茶某？啊甲霸未？」

「吃飽了。」趙司博貼近老人群，探頭彎腰看著眼前的棋局。

「歐吉桑，我們，我們是要找劉尚謙先生。」李明克臉上堆著笑容，「可是長輩沒告訴我們住址，只說他住在這附近。」

「劉尚謙？」穿黑色褲子的老先生下了一個子之後，抬起頭來一臉疑惑，「誰啊？住在我們這裡嗎？」

「對。一位教授。」

「唉喲！什麼劉尚謙，講劉教授我們才知道。」第一位老先生伸手指了個方向，「前面，有棟白色五層樓的，一樓的圍牆拆了種植物的的那一棟，他就住那個一樓跟二樓。」

「不是啦！一樓是永安的公司啦。劉教授住二樓。」黑色褲子的老先生說。

「喔好，謝謝。」

「不過，他現在不在喔。」黑色褲子的老先生說。

「噢。那大概什麼時候回來？」

「不知道咧。這個教授不是常住在這裡，他兒子還比較常看到。」跟著黑褲子先生下棋、穿著藍色polo衫的先生說。

「劉教授時常不在臺灣嗎？」趙司博問道，「他不是在教書嗎？」

「早退休了。」黑褲子的先生說，「七早八早就退休去挖石油了。」

「採石油？」李明克驚訝地說。

「是啊。說什麼石油公司探勘石油需要他這種專家，然後就在那裡地質時代什麼的。唉！聽不懂啦！」第一位老先生啜了口涼茶。

「敢哉劉教授幾時會回來？」李明克問。

「一兩個禮拜歐。」

「不不不！教授好像要搬去跟他在美國的兒子住了。大概不回來了。」藍上衣的老先生搖著手指正著。

「他有兒子在美國啊？」趙司博裝出驚訝的表情。

「有啊！劉教授的孩子都很乖，也都很成材。喔，以前看他的大兒子，呆呆笨笨的，打招呼都沒反應。沒想到一去了美國，讀了幾年書，就開公司當大老闆了。」黑褲子的老先生的手，在『車』跟『象』之間游移不決。

「看起來笨笨的那是因為自閉症啦。劉太太，辭了工作帶著孩子去美國治療。治療好了，小孩就成材了。」

「小兒子也很乖，天天帶孫子來跟阿公玩。」黑褲子的老先生拿起了『車』。

「不過喔，他的老婆可能是生了以後就跟人家跑了啊，我都沒看過他老婆。」藍上衣的老先生八卦著。

「沒有啦，是當警察很忙啦。」第一位老先生大聲吆喝著，「女人就該好好帶小孩，照顧家裡。都沒出現，實在有夠不孝。這個當人家媳婦，不住一起沒關係，但起碼周末過節的時候回家來看看嘛！連這，都沒有。」

「所以我才說是跟人跑了。不然，弟弟他幹嘛都自己帶孩子？」

「好像沒有跑。」黑褲子的先生澄清，「我家的浴室壞了要重做，我老婆還跑去問弟弟他丈人還有沒有在接工程。」

「劉永安的丈人是做工程的？」

「做土水的。」黑褲子的先生回答，「啊我老婆就拿到了電話。」

「啊有要給他做沒有？」第一位先生問。

「當然嘜沒有。先說可以做，又說自己底下的工人都已經不做了，要另外去找人。啊這個也要錢，那個也要加錢。不過就是換個浴缸、磁磚，厚，開出來的價格比一臺車還貴。我當然就不給他做。」黑褲子的先生一肚子火，開始抱怨。

「都漏水了不修不行。後來就給巷子口那個衛浴設備的做，又快又好，價格還只有一半。」

李明克跟趙司博使了個眼色。

「阿伯，我們不打擾了。」趙司博眼睛離開了棋盤。

「ㄟ，啊就跟你們說劉教授不在了，你們要去哪裡？」第一位老先生大聲叫住趙司博。

「去一趟，熟悉路，下次就知道路了。」

李明克編造個理由打發了好奇的老先生們。

順著廟前老伯們的指示，走到一棟屋齡至少四十年，乳白色的瓷磚外牆牆面中有不少牡蠣殼白、純白象牙白色的補丁、的五層樓公寓。看起來極為狹窄的樓梯間，應該是沒有電梯的老公寓。

一樓原本的庭院牆，被打掉一半，剩下的下半部被改建成了花圃，上頭種植觀賞用的木本植物。少了圍牆的遮掩，光線可以直透進庭園跟屋子，也從馬路上就可以直接看到住家落地窗；但是，植栽能遮蔽路人的視線，讓住戶還保有隱私。以四十年的老公寓的一樓來說，這是相當實用的改建。

植物圍籬的一旁，有個鏤空的景觀圍牆欄柵門。

兩人走到門前，開始張望。

落地窗貼有深色的隔熱紙，從外頭是看不進屋內的。植物圍籬跟欄柵門都不高，兩個人合力的話，應該有辦法翻越。

光天化日之下，兩個大男人，還都是警察，幹這種翻牆入門的事情，實在不大好看，還可能引來週邊鄰居的懷疑，報警來抓人，那就超難看的了。

但是，住在此處的劉尚謙現在人在美國，也沒有有效的聯繫方式，按門鈴必然不會有人應門。不進去，今天這趟路就白走了。如果要請鎖匠來開門，沒有任何犯罪事證也沒有搜索票，當然也不會有鎖匠願意蹚這個混水。

看來，如果李明克想要進門看看，唯一的方式就是『製造竊案的跡象』了。

「小趙，」李明克後退兩步，「翻進去吧！」

「然後你再進來逮我？」

「對！順便查察屋內有沒有被入侵的跡象。」

李明克露出陽光般奸詐的燦爛笑容，還比了個『耶！』

「想得美。」趙司博大手一揮，擺明了不想參與李明克的計畫。

就在此時，欄柵門「啪咯」一聲的開了，然後緩緩地向屋內開啟。

李明克輕輕地把門推開，慢慢地將身子往內探。

「有詐！」趙司博說。

「詐個頭，劉尚謙跟劉永安又不是槍擊要犯，也不是炸彈客、毒梟，屋子裡面會有什麼詐？」

「那門為什麼會開？」

「就當作是沒鎖好，」李明克轉頭，嘴角微微上揚，「我們是剛好路過的員警，進來察明空屋的門為什麼沒關好，對吧！」

「我寧願去當便利商店的代班店長，那樣上了版面還比較帥一點。」趙司博嘴上抱怨著，人卻也跟了進去。

狹長型的小庭園，一條蜿蜒的小路通向落地門。小路的左邊，就是在欄柵門的後方，停了兩輛腳踏車；在右方，則是鋪著人造草皮，草皮上停了四輛車子：一輛載滿工具的推車、一輛載滿動物的推車、一輛小跑車、一輛沒有腳踏板且後方附有一支把手的三輪車，全部都是學步車。

「哇——好多車車喔！」趙司博讚嘆著，「而且品質非常好。」

「終於看到屬於孩子的東西……」

李明克話還沒說完，落地門唰的一聲打開了。

「你們是要來拿硬碟的嗎？維修單號給我一下。」

一個身高大概一百七、四肢纖瘦、身穿寬鬆服裝、脂粉未施、戴個裝飾用的無鏡片黑框鏡架、隨意地綁個馬尾的女性，就站在落地門的另一側。

「哦……呃……不，那個……的……呃…」

李明克完全沒有料到有人在屋內，一下子不知道該如何回應。

「還是你們是要送修硬碟的？那可能要等一下了喔！我先生出去了，等等才會回來。可以先進來、先填資料。」

年輕女性似乎很習慣看到『瞬間當機』型的客戶，非常熟練而且語調愉悅地繼續招呼著。

「你先生？」李明克忽然有種奇怪的想法，「劉永安嗎？」

「我也很希望嗄！可惜不是。如果我家那隻笨哈的專業能力能有永安哥的一半就好了。」女性俏皮地眨眨眼，裝著哀怨地說。

「噢，這樣。」

看來劉永安沒有外遇，沒有騙婚，也沒有重婚，也不是另組家庭。

「別站在門口，進來，進來！我跟你們介紹一下我們的維修流程跟費用，還有支付方式。」

不等當機的兩人回神，女性就側身，揮手邀請著李明克跟趙司博進門。

「不怕我們是壞人嗎？」趙司博語調輕輕柔柔的，好像在調情一般。

「你們才不是壞人咧！」女性笑得燦爛，「你們兩個那麼像我爸，哪有可能是壞人啊！」

此話一出，趙司博垂下了臉，不自覺地伸手拉拉該剪卻還沒剪的頭髮，印象中白髮並不多。

李明克也稍微沮喪。那名女性看來是二十出頭，能成為那女性的父親，年紀應該也要四五十了。他們兩個，看起來有那麼老了嗎？

「我是說，你們兩個應該是警察吧！至少我聞起來你們像警察。」看到兩個從當機變成沮喪的男人，女性趕緊補充，「我爸就是警察。」

「警察聞起來是什麼味道？」李明克非常得好奇。

「就……就是警察的味道。」女性回頭，「不過，為了安全起見，還是給我看看服務證吧！不然我老公又要鬼叫鬼叫了。」

李明克手忙腳亂地搜掏身上所有的口袋，終於在西褲後口袋中拿出證件。

「我的，還沒下來。」趙司博是一臉尷尬，「剛剛才……」

「喔後~假裝是警察的，還是挾持警方、要求警方協助逃亡的？」女子拉過李明克，說，「警察先生，需要我幫你拖住他嗎？」

「不是，我不是，我……」

「哈哈！開玩笑的啦！別緊張。你要說的是不是『剛剛才換單位』？」

「對……」趙司博垂頭喪氣的。

以往面對女生，侃侃而談、談笑風生的向來是自己；怎麼這回被個小姐搞得這麼狼狽。

「妳這麼開心，著麼High，不是嗑了什麼吧？」李明克質問。

「對不起、對不起！小仁仁被帶去美國度假了，所以有一點點無聊。」女子雙手合十，「坐，我找一下價目表還有維修單，跟警察做生意要童叟無欺。」

「小仁仁？梁宇仁？」

「是——啊——！」女子開始翻著桌上一疊一疊又一疊的紙張，「唉！這就是我老公當家時會幹的好事。永安哥的東西都放得整整齊齊的。啊我也才不過回娘家一個週末，那隻笨哈士奇就可以把東西塞到……啊！找到了……耶！不對，這是我的彩繪機殼委託單。」

「小姐，您可以不用翻，我們不是來送修東西的。」

李明克看著這位興奮過度的女子，很認真地翻著桌上堆得快土石流的紙張山，時不時還從中滾出來一兩顆螺絲、螺帽，甚至是記憶卡。

「噢！這樣啊！所以是，」女子停下手邊的動作，抬頭打量眼前的兩個人，「國家公務嗎？」

「對。」趙司博答得俐落。
「但是，你們不是都電話聯絡的嗎？」女子一臉疑惑。
「這次不一樣，所以我們才會親自來。」
看來只能順著演戲了，雖然李明克完全不知道對話的主題是什麼。
「那你們可能要等我老公回來了，他跟永安哥在做的事情我不懂。」女子笑笑地說，「幫你們倒杯水。我老公應該很快就回來了。」
「他去哪裡了？」
「去幫巷子口的阿婆……寫email。」女子指著貼在一面牆上的價目表。
價目表上服務的位置寫著，電腦設定、電話簿輸入、代寫電子郵件、安裝軟體……，旁邊是對應的價格，最便宜的是五十元，最貴的是一百元。
「這是劉永安的工作？」李明克看著服務價目表。
「不是！這是我老公的。永安哥是『硬碟維修、資料救援』的工程師。」女子說，「其實這裡是永安哥的工作室，我老公跟我向他分租的。」
「怎麼看妳對他們的業務都很熟悉的樣子，我還以為妳是老闆呢！」
「唉喲！假冒警察的警察大人，您別這樣說啦！我都結婚了，會不好意思啦！」女子輕輕撫摸下腹。
這時才發覺，這個女子衣著寬鬆，不是因為居家打扮，而是因為懷孕了。雖然肚子還不明顯。
「永安哥不大愛跟人哈啦打招呼，有時候連解釋工作進度都解釋得很想讓人一頭撞死。我就是愛說話、人來瘋，剛好幫上了一點忙。」女子說。

「妳丈夫也是做硬碟的？」

「不是，正在學而已。如果是跟永安哥的工作有關，你們可能得等一下了。我老公最快十分鐘內就會回來，」女子看看時鐘，嘆了口氣地補充，「前提是阿婆今天突然沒有買到『很甜很好吃捏』的水果。」

「噗……哈哈哈～」

李明克忍俊不住地大笑出來，雖然覺得很失禮，但一下子還停不下來。

「原諒他吧！他悶很久了。」趙司博接替李明克該扮演的角色問，「老闆娘，您剛才說，梁宇仁不在您很無聊，那個小男生常常在這裡嗎？」

「常常？是天天在這裡！永安哥是標準的奶爸，孩子不離身的。」女子說，「噢！然後，別叫我老闆娘啦！我叫韓惠蘭，也可以叫我『很會冷』。」

好不容易喘過了氣、正想追問劉永安是如何帶孩子的李明克，聽到韓惠蘭對自己名字的稱呼，又笑得前仰後翻的、幾乎要岔氣。

「這位小哥跟我爸一樣，平常超級嚴肅，其實笑點比垮褲還低。」

「唉，算了，給他一點時間吧。」趙司博決定忽視稍微失態的李明克，「劉永安是個奶爸，看不出來！我還以為他只是個打電動的宅男。」

「才不是哩！劉永安比媽媽還要照顧孩子。」

「梁欣怡？」

「不是，我是指社會上認定很會照顧孩子的『好媽媽』。梁欣怡，永安哥的老婆我只聽過，沒見過。畢竟她是寧死也不願意進到這個社區的人。據說她只有結婚的那一天，依照禮俗有來過。」韓惠蘭稍微露出鄙夷的表情。

「欣怡是很照顧公婆的，不是嗎？只要劉伯伯、劉伯母人在臺灣，欣怡就會來陪他們。」趙司博試探著。

「從租了劉伯伯的房間到現在，大概一年半，我一眼也沒有看過梁欣怡。」韓惠蘭語調轉為保守，「不過，也可能有啦！畢竟我一年以前還在外頭工作，白天不在附近。她可能有來而我沒看到。但這一年來確實沒有。」

「梁宇仁跟劉永安親嗎？」李明克終於回復正常。

「親，親翻了！什麼事情都找把拔，喝奶找把拔，換尿布也是把拔，爬爬找把拔，玩玩具也要找把拔，只有把拔可以，其他人都不准。每次我找他玩，都要很辛苦的又騙又拐。」韓惠蘭露出忌妒的表情。

「祖孫之間的關係呢？」

「沒到那麼親，但是永安哥沒空的時候，小仁仁找的第二個人就是阿公，第三個是阿嬤，第四個是……第四個竟然是我老公，如果店裡有客人，第五個就是來店的男性客戶。最後逼不得已才准我照顧他。厚！我明明就很有空，就是不跟我親親。」

韓惠蘭小小地抱怨著。

「劉家人應該很疼這個孩子，對吧？」李明克又提問。

「疼！沒看到外頭那些車子，都永安哥跟劉伯買的。屋子裡頭，」韓惠蘭手指著房子內部，「有個房間也堆滿了玩具，不是很多玩具的等級，是『滿滿的』玩具，滿滿的！如果不是親眼看到永安哥每個新玩具都陪著仁仁玩過之後，才放他自己玩，我真的會認為永安哥是個單純買玩具打發孩子的人。」

「我可以去偷看一下嗎？剛好最近得送小孩禮物，想參考一下。」

「噢！可以啊！走道右手邊的二間。」韓惠蘭舉起右手指著方向，「小哥你不准偷拿喔！那些再來是我的。」

「妳的？」李明克頓住。

「是啊！永安哥說，等宇仁不玩了之後，就留給這個去玩。」韓惠蘭戳著自己的肚子。

「這麼多玩具，不是用租的嗎？」趙司博指著外頭的四輛小車。

「不是。雖然我也建議過永安哥可以去用租的，畢竟小孩子不同時期適合的玩具不同，一直採購也不是辦法。孩子一直大，玩具一直買，很浪費。但永安哥就是捨不得孩子玩二手的，大概覺得不乾淨吧。」

「不是孩子的媽買的？」看著李明克的身影消失在走廊轉角後，趙司博開口問。

「當然不是！」韓惠蘭回答得斬釘截鐵，「永安哥的老婆，大概連現在孩子有多大了都不知道。」

「怎麼可能呢？她是孩子的媽媽，雖然工作忙，但也是每天回家的，怎麼可能不知道孩子長多大了？」趙司博覺得相當不可思議。

「很不可思議，但是她真的不知道。」韓惠蘭歪著頭，想了幾秒鐘，「上上個月我去買托肚帶，順便幫仁仁帶了一雙有防滑功能的襪子。買完之後的隔天早上，就接到她的電話。她警告我別打她的家庭的主意，別想破壞她的家庭。」

「不過就是一雙襪子，怎麼會跟『破壞家庭』扯上關係？」趙司博問。

「她說，我就是個為了身材所以不願意生孩子、看到別人家庭美滿就心生邪念想要坐享其成的狐狸精。我故意買她的孩子以後才需要用到衣服，就是在刻意塑造『我將會是個好母親』，來勾引她老公；故意討好她的孩子，想要宇仁錯認我為媽媽。」

「啥？不過就是一雙襪子而已，不是嗎？」趙司博驚訝地說，接著，「還是梁欣怡有找到其他不該存在的東西？」

「就一雙襪子而已。」韓惠蘭白了趙司博好幾眼。

「那妳有說明嗎？」

「當然有！我說我是在買我自己的孕期用品的時候，順便買給宇仁在這裡的庭園人造草皮上穿的。」韓惠蘭嘆了一大口氣，「不解釋還好，一解釋她罵更兇，說我管過界了，說她的兒子連站都還不會買個襪子給他練走幹什麼。」

「妳有跟劉永安提這件事情嗎？」

「有啊！我很驚訝，所以永安哥一回來就跟他說了。」

「劉永安他怎麼反應？」

「他喔……永安哥就一直想解釋，說是他太太工作跟讀書很忙，所以大概是累到了。又一直說是他沒把孩子照顧好，所以他太太一直覺得孩子生長遲緩，之類之類的。」韓惠蘭一臉快哭的樣子，嘟著嘴，「可是，宇仁是我所見過的一歲小孩中，長得最好的。」

「妳有照片嗎？梁宇仁的照片？讓我看看他有多可愛！」趙司博試著轉移韓惠蘭的情緒。

「有！我找找。」

一聽到想看梁宇仁的照片，韓惠蘭就開心了。

大家都說，孕婦心情不好，會影響到胎教的。

這也就是李明克跟趙司博，一直不願意明說來意的原因。讓這個樂天熱情的孕婦難過，他們兩個男人也過意不去。雖然，韓惠蘭最後還是會難過，但至少要等她的丈夫回來之後再說。

「請問，」李明克從走廊口探出腦袋，手上拿著一罐三到六個月嬰兒適用的配方奶空罐，「梁宇仁不是喝母奶的嗎？」

「沒有！他喝配方奶的。」韓惠蘭眼睛盯著手機，要找出她覺得最可愛的那一張照片，「永安哥說，他太太工作忙碌，生活作息不正常，所以生完第二天就餵配方奶了，連初乳都沒餵。」

「但是她在公司有……」

「集乳器。」

「妳知道她有那個……那個工具？」

「知道啊！因為是永安哥拜託我買幫忙買的。」

「如果梁欣怡沒有在哺乳，為什麼需要買集乳器？」

不餵母奶？那，辦公室裡那個集乳器？李明克腦袋出現一堆問號

「永安哥說，她是為了加速身材的恢復，所以不退奶、賣力擠奶，這樣瘦得比較快。」韓惠蘭抬起頭，「還為了要加速瘦身的效果，所以吃了很多塑身瘦身產品。」

韓惠蘭露出一個『所以你們知道的』的表情，結束了這個對話，讓大家都自在。

「小哥，你說你要看梁宇仁的照片，喏！」

拍攝的地點就是在外頭那個小庭園，一個一公尺直徑左右的充氣塑膠游泳池。池子中有一個光溜溜、粉嫩粉嫩、白白胖胖、笑得眼睛嘴巴全瞇成一條線的小男生。池中的水高度大概只到他膝蓋上方三公分左右。

接下來是一系列這個小男生在水池裡，潑水、淹死小長頸鹿玩偶、跟浮著的球生氣、把米餅丟到水裡頭等等『皮蛋行為』的照片。

以目前臺北街頭一歲的嬰幼兒看來，梁宇仁確實長得相當的健康，發育得很好。能在池水中走來走去、蹲下站起，而且沒有摔入水後的狼狽模樣——至少在最後一張之前，頭髮跟臉都是乾的。

照片中，除了玩瘋了的孩子，就是劉永安的手，永遠護在孩子的旁邊，在一個不影響到孩子玩樂，卻又能在孩子腳步不穩的瞬間抱住的距離。

「真的好可愛喔！」趙司博大聲讚美。

「是啊！如果我能生個像他一半可愛的，就好了。」韓惠蘭看著螢幕說。

「這麼可愛活潑的孩子，被祖父母帶出去玩，妳確實會覺得孤單。」李明克安慰著，「帶著一起去美國玩的嗎？」

「不是欸！劉伯父伯母拿到了公民，去做公民宣示的。」韓惠蘭搖頭說。

「公民宣示！那為什麼帶著孫子去？」

「本來仁仁沒有要去，畢竟飛機飛太久，怕小孩不適應。」

「那為什麼？」

為什麼一起帶去了？從機場櫃檯畫面上看來，應該不是臨時的決定。

「因為永安哥他老婆說要去日本玩，堅持一定要這個週末，又堅持不帶孩子，又要求一定得伯父伯母帶。」韓惠蘭嘆了一口氣，「面試的時間早在三個月前就收到通知，她忽然在兩個月前這樣子大吵，搞得伯父很緊張。所以伯母得先一趟路飛回來臺灣，再帶著宇仁一起飛過去。我真的不知道永安哥他老婆到底在想什麼。」

「劉尚謙的太太長住在美國嗎？不然為什麼會得先飛回來再一起去？」

「伯母在美國教書教了好幾年了。一開始是為了賺生活費，後來反而成了超搶手的華文教師。」

「妳知道他們公民面試的時間是什麼時候嗎？」

面試完、宣示完就合法擁有美國籍。身為外事科員警的趙司博，一向對於國籍問題很有感覺。因此，不禁想知道劉尚謙夫婦從何時開始具有美國公民的身分。

「美國時間的……美國時間的……唉！大家都說懷孕會笨個三年……」韓惠蘭皺著眉頭想得很認真，想得臉都歪了，「啊！想起來了！美東時間的星期一早上。」

美東時間的星期一早上，就是臺北時間的星期一晚上，就是……

「小趙，劉永安是等他父母都成為美國公民了以後才自首的。」

李明克轉過身，背向著忙著感嘆失去了記憶的韓惠蘭，氣音、唇語地跟趙司博說。

「梁宇仁是美國公民，直系親屬也都是美國公民，」趙司博站起身，跟李明克耳語著，「他們可以在美國待一輩子，而我們不見得有管道把他們找回來。即便將來開庭傳喚他們當證人，他們不出席作證，我們最多就是發布通緝，並通知美國政府。美國願不願意提供協助還是個未知數。」

「經濟大犯都能明目張膽藏匿美國，還光天化日之下闊氣過日子。這些人都還不具有美國籍，我們都沒辦法請美國協助將他們渡回來。劉尚謙夫婦，甚至梁宇仁小弟弟，在美國就會是一輩子的了。看來，劉永安的四十個小時，就是在等這個。」

原來，在偵訊室之中那番『不要再找我的父母，也不要再找我的兒子了』的懇求，是劉永安早就有了安排，但是擔心警方堅持要找出他的父母跟孩子。而年紀還非常小的梁宇仁，如果生活在臺灣，一輩子就必須面對『自己的父親殺死自己的母親』這件事情，會成為媒體追蹤的焦點，躲不開社工，學校老師等的刻意關心，孩子一輩子背著這個烙印，很悲慘。但是，一旦到了其他國家生活，沒人會知道他的背景，只要親人什麼都不說，他就能切割掉這個苦難。更何況，一歲多的孩子，基本上，還沒有什麼永生難忘的記憶。從新開始，快樂開始，絕對不是不可能。

如果孩子在成長過程中問起自己的父母，親人編造善良的謊言，編個既不容易戳破，又能保護孩子的說詞就可以了。

如果劉永安是個替孩子設想得如此周到的父親，那又為什麼會是個殺妻的丈夫？即便目前看起來，梁欣怡實際上是個滿口謊言的女性，不能等閒看待，但這些謊言中，沒有哪一個值得讓劉永安痛下殺手。況且梁欣怡編造的『謊』，比較類似『粉飾妝點自己的人生』。說真的，這個社會上，誰不會為了爭取機會、粉飾門面、或是讓別人羨慕，而編造一些漂亮動人的故事？只是這些故事，我們稱它謊言。

兩個結婚的人，真的可能會不熟悉對方的性格？如果瞭解個性，交往時期都能忍受了，結婚之後為什麼就沒辦法包容了呢？

知道劉家兩老有美國籍這件新消息，稍微能解釋劉永安從行兇到自首之間的等待期究竟在等什麼，也能夠解釋劉永安在殺了人之後，何以能夠從容送父母跟孩子去搭機。至於機場櫃檯照片拍到的那一大箱塞得很飽卻不重的行李，那應該就是梁宇仁的衣服跟玩具了。

正當李明克思考得出神，忽然間屋子裡面響起兩種截然不同的鈴聲，一個是清脆愉悅，另一個是低沉緩慢卻帶有緊迫感，將他拉回了現實。

「吼！一整個早上都被那個聲音吵死了。」韓惠蘭大大的埋怨著。

「鈴聲？」

趙司博手指自己頭上的天花板，畢竟有個鈴聲是從他的頭頂上傳來的。

「那個還好啦！那個是，那個是『迎賓鈴』。從小仁仁一學會爬，永安哥就把門鎖了，免得宇仁就這麼爬出去或是跟著客人走。裝上迎賓鈴，告訴我們有客人在門口探頭探腦的。」

「所以…我們…」李明克指著自己跟趙司博。

韓惠蘭伸手到桌子底下，接著就聽到欄柵門的開門聲。

「對地！」

「那妳說很吵的是？」李明克追問。

「比較低沉的那個鈴聲，是永安哥電腦室裡面的那個網路電話。它從一大早就叫個不停，啊永安哥又指示大家都不准去回應那間房間傳來的任何通知、鈴聲、郵件……」韓惠蘭臉色帶有一點怒，「等等叫我老公去把它關小聲點。好吵。」

「惠惠啊！啊妳們家老公咧？」

一個帶著遮陽帽、手臂上穿著遮陽袖套，聲音聽起來有一點年紀的婦人，人才走到落地門，聲音就已經衝進來了。

「去王媽媽那邊了。」

「唉呦。啊什麼時候會回來？啊我女兒給了我一堆照片，啊我要看也不知道要怎麼看。」婦人從帶輪菜籃中一個神奇的地方抓出一支手機，「啊就手機一直嗶嗶叫，我女兒又一直問我說好不好看，啊喔……」

「黃媽媽，不用緊張，我來幫妳。」

「唉呦！不要啦！報紙都說喔，電磁波對小孩不好啦！我等妳老公啦！」

只見韓惠蘭從邊桌上拿了一件剪掉電線、縫上綁帶的電毯，像圍裙似地繫在自己腰上。

「這個我老公買的，專門防電磁波的。黃媽媽，手機給我。」

「好好好。這樣好。」這位黃媽媽忽然看到站在一旁的兩個男人，「ㄟ，很帥捏！帥哥，有沒有女朋友了？」

「黃媽媽，他們是來找永安大哥，工作上的事情的，不是來串門子的啦。妳不要讓人家害羞了。」

「韓小姐，我們就不打擾妳工作了。我留張字條跟名片，麻煩妳轉交給永安。」

李明克誠懇地詢問。等待著韓惠蘭給個許可。

「小哥，你就進去放在永安哥的桌上好了。即便我收得好好的，當遇到永安哥的時候也可能忘了放去哪裡了。」韓惠蘭張望了一下桌面，俏皮地吐了舌頭。

「這樣也好。那麼，在哪裡？」

李明克點著頭，同意韓惠蘭的建議。畢竟，找理由進去劉永安的工作室，才是他的目的。

「走廊左手邊第一間。」

「謝謝。妳忙。」趙司博說，「我們進去留個話就出來。」

9. 週二，下午三點

走廊左手邊第一間，門沒有上鎖，一轉就開了。

一陣寒風迎面而來。

雖然房間中的燈沒開，但是房間中卻透出隱隱的光亮。

李明克伸手往右邊的牆上摸，摸到了電燈，開了燈。

這時才看清楚這間房間。

房間內沒有窗。門對面的牆上掛了一些證照，還有孩子跟家人的照片；所謂的家人，其實是劉永安的父母還有哥哥，另外一位女性應該是劉永平的妻子。沒有梁欣怡。

門其實開在房間中間偏右的位置，距離右邊的牆面大概有四十公分。靠著牆，是一只一只又一只、一百八十公分左右高的鐵櫃。

進到了房間裡面，往左手邊一看，屋內剩下的兩面牆，滿滿的，對，滿滿的，滿滿的都是螢幕。有掛在牆上的，懸在天花板下方，也有放在桌面上。不知源頭在何處的線從天而降，貼在螢幕後方的牆壁上。

桌上，有至少六個蝴蝶型的鍵盤，兩個分為左右各半片的鍵盤。帶有好幾個按鍵的基座背著比水晶球小一點的塑膠球式的滑鼠有三四個。常見的滑鼠也有五六隻。桌子的一個角落放著一臺雷射印表機，下方有一臺碎紙機。

在兩牆的轉角處的桌上，放著一臺飛碟樣的線上會議系統喇叭麥克風座。

「以一個宅男而言，明克，你有沒有發覺這裡少了什麼？」

「耳麥，全罩式耳機的耳機麥克風。還有搖桿，跟一張非常舒服的椅子。」李明克拍拍房內唯一的一張椅子。那是一張氣壓式、帶輪、有扶手、網狀透氣椅背的辦公椅。

「這間，跟我們新設立的資安大隊辦公室，長得非常地像。」李明克補充。

「至少我們知道，梁先生口中的『當了嫁妝去買的電腦設備』是去了哪裡。」趙司博說，並且開始隨手翻著桌上的資料。

李明克倒是被門對面牆上的證照吸引著。那是一張多益考試的金色證書，分數是九百九十，上頭的名字印著Liu Yong An。一旁，則是日本語檢定認證書，上頭大大的一個N１，下方的姓名欄印著「劉永安」。

「明克，我找到『奇怪』的東西。」

趙司博特別強調『奇怪』這個詞，當中帶著一點譏笑的情緒。

李明克轉頭一看，趙司博喚醒了一臺二十吋的All-in-one電腦，螢幕上有三個未關閉的檔案，兩個是文書檔，一個是剪報檔。三份檔案的頁首、頁尾都載明「資訊安全與網路犯罪」跟「梁欣怡」。

「有接網路線或是隨身碟嗎？」李明克問。

「我看看，」趙司博仔細地替電腦進行了完整的搜身的動作，「只有電源線、滑鼠線跟鍵盤線，其他完全沒有。工作列上也顯示沒有連接無線網路。」

「哼。」李明克不屑地哼了一聲，「這附近應該也會有護貝機跟打洞機。」

「明克，」趙司博有點驚訝，「我從不知道你會有如此帶有個人情緒的發語詞。怎麼了？」

「依據人事資料，被害人的語言能力是次高級；依照被害人長官的陳述，由於被害人的語言能力很好，因此被害人生前負責相當多與語言翻譯有關係的工作。」

李明克指著牆上的證照。

「劉永安的語言能力比她好。」

「同時，被害人的長官以及被害人的父母說，被害人在工作之餘還繼續進修，努力讀書，期盼將所學回饋給警界。」李明克繼續說，音調中帶著一點點憤怒，「然而，在被害人的住處沒有找到任何與研究所課業有關的資料，也沒有找到電腦等相關的設備。」

「但是，在這臺沒有接任何網路或是外接儲存設備的電腦上，有梁欣怡署名的作業。」趙司博移動滑鼠，點選查看已開啟的檔案，「哇噢！還有一份是碩士論文，而且還沒寫完。」

「而且，依據在場的人士表示，被害人並沒有來過這個地方。」

李明克臉色鐵青、不發一語地開始翻著桌上的文件。

這間工作室，雖然收拾得也非常整齊乾淨，但是帶了很濃厚的人味。桌上的角落邊有灰塵、鉛筆屑，還有杯子印；牆上，在小孩子搆得到的高度，也有一些鉛筆、原子筆的塗鴉。常用的東西，筆、紙，甚至鍵盤滑鼠，雖然放得整齊，但是有序而不是對齊。反觀他們的住家，反而是整潔到彷彿患有強迫症一般。

忽然，那個低沉緊促的鈴聲又響起，牆上的一個螢幕亮了。是一個透過網路通訊軟體的電話，來電者顯示「王昱辰」。

「王昱辰？這不就是……」

「剛好。也該聯絡他了。」

李明克把眼前所有的滑鼠都搖了搖，把鍵盤都按了enter，找到了對應得到的那一組輸入設備。然後點選了「接聽」。

「靠！找你找了三天，你終於給我接電話了。」

螢幕上的大頭還沒傳輸到，聲音就衝了過來。

「幹！不是這樣放我鴿子的吧？你知道我在機場等你等……等等，你們是誰啊？」

李明克拿出服務證，放到對應的攝影機前面。

「你是我爸單位的？」
「對。」李明克收起服務證。
「劉永安咧？」
「在警局偵訊室。」
「偵訊……靠北哩！李警官，我告訴你，永安做的事情都是合法的。無論別人報警說他潛入哪裡偷了哪些資料，他所接的案子全部都是合法的，永安不會，不對，永安沒那個膽子做違法的事……」
「劉永安昨天晚上到警局自首，案由是他掐死了梁欣怡。」
螢幕那頭的王昱辰臉色由紅轉白，嘴唇抿得死緊地也泛白了。
大約一分鐘的靜默。
「你說劉永安掐死了他老婆？我沒想到會這麼嚴重，也沒想到真的會有這一天。」
「沒想到會那麼嚴重？」趙司博問，「所以他們夫妻的狀況一直不好嗎？」
「永安從來不多說什麼。大哥，你們應該看過他了吧？就是一個什麼事情都悶著不說的傢伙。從以前就覺得，要他說話好像會要了他的真元似的。」
李明克點頭認同。不愧是老朋友，形容得真貼切。
「其實，我不認得他老婆。只記得才聽永安說有個來修手機的女生一直約他出去，沒多久就聽永安說他去登記了。」
「那麼快？」

「大概，半年不到。我才想說要找時間回臺灣，看看老爸，順便虧他這個處男竟然也會有春天……然後就結婚了。」

「你有回來參加參加婚宴嗎？」

一場據說是夢幻，女方家族大張旗鼓、共襄盛舉的婚宴。

「沒有。連請客的時間都定得非常突然，突然到我連請假的機會都沒有。當時我問他幹嘛這麼趕，他說既然都登記了，趁女方肚子還不明顯，剛好有時間，所以就辦一辦。剛好有時間個頭啦！那一陣子矽谷、紐約、華盛頓，還有東京這裡，各有幾個工作等著他過去處理，『剛好有空』個鬼。『女方有了』，這對我也是個荒唐的理由，我到現在還很懷疑那個孩子是不是永安的。」

「雖然當時他是處男，不代表他沒有——辦法啊？」趙司博笑著。

「劉永安看到女生穿兩截式泳衣，就臉紅、手足無措；開始介紹女生給他，他怎樣也不肯跟女孩『兩個人單獨共處』，即便是公眾場合也一樣。後來，遇到了這個女的，永安一直提的一個問題，就是：『我不敢碰她，可是她一直約我，一直黏在我身上，怎麼辦？』所以，要我怎麼去相信這個柳下惠忽然之間『然後女方有了』這個解釋？而且……」

「而且？」

「他說，他帶那女的去東南亞玩，結果晚上喝多了，醉了，所以就……然後就……」

「這，是常有的事情，不是嗎？」

「劉永安對酒精過敏，一口下去，只要一口，他就全身起紅疹，然後昏睡一整個晚上。」

「昏睡的時候或許……」

「他老兄在那之前唯一的一次醉酒就是在我面前。沒反應到我差點要打電話跟我爸求救，問我爸如果永安掛了怎麼辦。所以，要我怎麼相信永安會『酒後亂性』。」

「有一點道理……」

「再來，那個搞出『人命』的旅遊的時間，剛好是跟永平大哥自立門戶的公司開張營業的時間重疊。永安是個連他老哥決定要放一個又臭又響的屁，他都會趕到他哥身邊幫忙慶祝的人，結果他竟然為了要帶那女生出去玩，就放他哥鳥。根本匪夷所思，唉。」

「在那之後，劉永安有跟你提過他家裡的事情嗎？」李明克追問。

「沒，倒是不斷告訴我他的兒子有多可愛多聰明。」王昱辰眼球順時針轉了一圈，「不過，他倒是有說過，說他老婆非常不喜歡他的家人們都有綠卡，覺得那會影響到她公務員的工作前途。可是——」

「可是？」

「可是他老婆又說要在美國生孩子。」

「生個有美國籍的，不是劉尚謙夫婦的決定嗎？」

記者會中梁家夫婦是這麼控訴的，指控劉家為了美國籍罔顧他們女兒的健康。現在王昱辰這番話，讓趙司博非常地不解。

「不是。是他老婆的決定。而且，大哥，你們知道好笑的事情是什麼嗎？」

「什麼？」

「永安的移民監早就坐滿了，大概在登記結婚之前已經接到面試時間的通知。結果，登記之後，那女的說如果她嫁的人有第二國籍，會影響到她的考績，所以不准永安去面試，還要永安去申請放棄國籍。」

「然後她又要到美國去生個有美國籍的孩子?!」

「是！」

「小趙，如果我沒弄錯，是只要父母親任一人擁有美國籍，孩子也就會是美國公民，對吧？」

「對。」趙司博對於這位無緣的同事對於國籍的要求，感到啼笑皆非。

「她覺得國籍就像自助餐，想要就夾到盤子上，不想要就可以放回去。」李明克簡單做個結論。

「大概就是這個樣子。真的讓我覺得很荒謬，」王昱辰大力地搖著頭，「所以，我唯一的一次遇到那個女人的時候，我就直接問了。問她她要大家放棄國籍，又要生個美國人的理由是什麼。你們知道她怎麼回答嗎？」

「怎麼回答？」

「她說，在她退休之前，她身邊的人如果擁有第二國籍，都是對她服務的國家的不尊重，也就是對她的不尊重，所以大家都不可以有。但是，如果是她的孩子有第二國籍的話，讀書的時候就可以送去國外讀，她可以專心工作；等到她退休的時候，孩子就可以幫她申請依親。等她拿到公民了，她再幫親人辦，這樣對大家都比較好。」王昱辰呸了一聲，「她還說，乾媽乾爸，就是永安的爸媽，的綠卡取得方式並不道德，所以她要幫大家用比較合乎道德的方式取得第二國籍。」

「刻意去美國生孩子，這就有比較道德嗎？」李明克的口氣帶著鄙夷。

「是啊！乾哥的綠卡是他當時做研究的大學幫他辦的；乾爹的綠卡，是美國的一家石油公司幫忙申請的。」

「劉永平到底是做什麼的？我聽人家說他好像有精神上的障礙……」

「解釋起來太複雜了，簡單來說，看過《數字搜查線》吧？永平哥跟那個數學家的情況差不多，一個有社交障礙的數學天才。」

「所以，這一家人不得了，父親研究地質的研究到幫石油公司分析油礦位置，劉永平是有社交障礙的數學天才，劉永安是會修硬碟的宅男。」

趙司博隨口說著，沒想到卻激起王昱辰大聲地斥責。

「宅男？靠！他媽的那個死婊子。劉永安是，我不敢說『最厲害的一個』，但他是亞洲『最厲害的那一群中的一個』，最厲害的白帽駭客……就是資訊安全師啦！還是有美國認證的。所以，你可知道，永安的綠卡是美國政府幫他專案處理的，交換條件是取得公民之後只能為政府工作、不得出境。

如果他不打算在任何一個政府的部門工作，他的年薪是可以從千萬臺幣起跳的。矽谷的軟體商找他，華爾街的證券商找他，東京這裡的證券商也找他。即便只是接案，永安只要坐在電腦前面，鍵盤敲一敲，一個案也是百萬起跳。」

幾百萬？幾千萬？

對於警察而言，那是何等大的數字，不敢想。

看來，有能力購買內湖住宅的人是劉永安，而不是梁欣怡了。

「所以，劉永安本人是沒有任何的經濟困難，是嗎？」

「結婚之前沒有，結婚之後還好。最近的話，經濟擔子很重。因為婚後他就沒有再接案了。畢竟永安這個人是習慣從硬體線路開始『診斷』整個系統的安全，所以他必然得出差。但是，他老婆一是希望永安乖乖待在她隨時找得到人的地方，二是希望永安能支持她的工作，三是希望想看孩子的時候隨時隨處都能看到孩子，所以要永安自己帶，永安也疼孩子，所以……所以永安就，專心經營硬碟救援的工作室，偶爾接一接資安的案子。」

「梁欣怡自己也有在進修網路犯罪，所以對於劉永安的工作內容應該……」

「噗哧！警官，你在逗我笑嗎？那個婊子？你跟我說她懂網路還懂網路犯罪？拜託！她到現在還認為，ＰＨＳ只是個手機的廠牌，電腦得有金山或３６０才可確保安全。」王昱辰嘲諷著，「那次她還在我面前大言不慚地說，永安現在必須要專心協助她，讓她無後顧之憂地爬上警界的什麼資安或網路犯罪當頭頭，之後，她就可以有足夠的資源跟絕對的權力，讓永安可以發展他在資訊方面的長才。當時真的很想叫她去照照鏡子。」

「有個很關鍵的問題需要請問你，」李明克雙眼直視著攝影機，「劉永安為什麼要去日本？」

「三個原因。第一是，我已經邀他邀很久了。我這間繪圖公司的網路安全一直有漏洞，所以想請永安過來給些建議。第二是，我知道永安買了新房子，背了個不輕的貸款，經濟擔子很重。因此只要有機會，我就會幫他牽線。第三是，永安的老婆說要到日本度假補度蜜月之類的。」

「補度蜜月？」

局內的同仁轉述的是「二度蜜月」，為什麼王昱辰說得是「補」

「不是月子做完了之後有去義大利『渡蜜月』嗎？」李明克問，畢竟，梁欣怡的同事是這麼說的。「所以這次據稱是『二度蜜月』，你怎麼會說是補度蜜月？」

「警官，不是因為當時沒有所以現在『補』，」王昱辰噌了一聲，「是沒有給足所以要『補足』的補。」

「沒有給足？」趙司博驚訝。

「對。永安說，那女人堅持蜜月旅行一定要出國，還一定要有足足的一個月，扣除交通、飛行、辦理手續等等的時間之後，要有足足的一個月。在蜜月這件事情上，據說永安不知道是還欠她三天還是七天的。」

還有人蜜月這樣算的？這真是大開了眼界。

「所以就安排了這一趟？」李明克問。

「對。說剛好乾爹乾媽都在臺北，可以幫忙帶孩子。」

「最後一個問題。」李明克說，「結婚前到後，劉永安有什麼明顯的改變嗎？情緒、社交等等的……」

「變得保守，這個改變最大！一個好的駭客需要的是冒險精神跟好奇心，還要有夠大的膽子。這些，在永安結婚前，他都有；結婚之後就一點一滴地不見了。」

可能是責任感，畢竟有了孩子了。李明克心裡想著。

「但是，有個比較奇怪的地方，他變得很會道歉也很會自責，好像天下的事情有不如所有人的意，都是因為他沒有把事情做到好，都是因為他的錯，也都只是他的錯。」

所以說，劉永安在偵訊室之中的『道歉』跟『自責』已經是他現在的生活態度了。什麼樣子的原因會讓人有這種改變？

「我瞭解了。謝謝。」李明克向王昱辰點個頭，伸手準備關掉通訊程式。

「警官大哥，」王昱辰趕緊叫住了李明克，「永安接下來會怎麼樣？」

「最多關七年吧！還可以看著梁宇仁讀書、長大、畢業。」

李明克關掉軟體，關了燈，離開了這間滿是電腦設備的房間。

10. 週二，下午四點

劉永安的思慮果真相當周延，他的電腦工作室的隔音效果非常的好。原本應該是為了避免商業機密洩漏給外頭工作室的客人聽到；現在，讓在外頭忙碌招呼老人家的韓惠蘭聽不到與王昱辰的通訊內容。

在李明克與趙司博離開硬碟維修工作室時，那位非常樂觀開朗的孕婦依然笑容滿面。

李明克悶著頭往車子方向走去，腦中整理著過去六個小時得到的訊息。

梁欣怡，據說是一個很有外文能力的員警，其實劉永安的外文能力更好。

梁欣怡，據說是一個將很有科技網路專業的員警，其實劉永安才是真正的資訊安全專業人士。

梁欣怡，據說在工作之餘仍努力充實自己、認真向學，其實作業跟論文是劉永安代筆的。

梁欣怡，據說是家中的經濟支柱，但是劉永安反而是家中收入較高的人。

梁欣怡，據說為了照顧公婆所以願意背貸買房子，但是其實接進去住的反而是她自己的父母。

在梁欣怡父母的口中，她是一個被劉家『使用』的工具，被用來賺錢、照顧人還有生孩子跟照顧孩子的，為夫家而犧牲自己委曲求全的女人。

但是，孩子是從母姓，這一點也不符合『為夫家生孩子』，更何況梁欣怡還有個哥哥，她沒有來自原生家庭的香火傳遞壓力。

但是，目前得到的資訊顯示，真正在養家跟照顧孩子的人其實是劉永安，真正「為了特殊要求而委屈、付出」的人，應該是劉家人；不知節制、有過多要求的，反而比較是梁家人。

梁欣怡在眾人面前形塑自己是一個疼愛孩子、照顧孩子的母親。但是，這樣子的母親，事實上卻根本不陪伴孩子、連孩子的成長狀況也無法掌握；這樣的母親，對孩子的未來安排是讓他當小留學生、在國外念書。這樣子的母親，會忍心讓小小孩子在夜晚、在車上，等自己下班一等就是三四個小時，而且不只一次。

如果今天這個孩子是青春期少年，大概早就跟這母親對槓到天翻地覆。還好今天宇仁還只是個不大會說話的小娃……

「韓惠蘭說，梁宇仁寧願跟陌生的男性客戶玩，也不主動跟她親近，是不是？」

「是啊。可能是韓惠蘭沒有媽媽的味道，也可能是這個孩子，喜歡男生、不喜歡女生。」趙司博跟在李明克後方，「小孩子有時候很精，有時候也讓大人搞不清楚他們小腦袋瓜在想什麼。一下子喜歡，一下不喜歡；不喜歡的東西，無論大人怎麼利誘，不喜歡就是不喜歡。」

「那間工作室，」李明克頭往才離開的地方指了一下，「的客戶，除了男性，也有婆婆媽媽。但是，韓惠蘭是說『男性客戶』，而不是『客戶』。」

「或許那個孩子就是喜歡男生；也很有可能是這孩子很怕女生。」

趙司博雖然回答李明克那聽起來一點也不像提問的問題，但是，他實在不知道李明克為什麼會執著在那個小小的『敘述方式』。

但是，李明克可不這麼想。

一個孩子，照理說是跟誰都親，除了他覺得『不安全』的人。如果這個孩子覺得女性不安全……

不跟女性親近的幼兒、劉永安背上的傷痕，還有梁欣怡置物空間中的熱熔膠條！！

李明克加快腳步，彷彿恨不得下一步就能開到車似地小跑步往車子方向前進。

「明克，明克，別走那麼快。」趙司博幾乎跟不上李明克的腳步。

「四點了，回到分局也要四點半。」李明克聲音僵硬，「蔡彩貞一定在五點以前就叫人把劉永安送去地檢署。不趕快不行。」

「雖然如此，但是，」趙司博拉開腳步，「你剛才也太果斷了，直接跟王昱辰保證劉永安最多關七年。」

「衝動殺人，最多七年。」李明克說，「我相信，目前已經有足夠的證據讓劉永安說出事發經過。他只要願意坦白，最多，我相信法院最多判四年。」

「劉永安根本除了『我掐死我的妻子』以外，什麼也不說了。你現在又有什麼證據能讓他說出實情來？」

「梁宇仁，」李明克停下腳步，語氣堅定地說，「或是，劉宇仁。」

「明克，但是——」

「跟我一起進偵訊室，你就會知道了。劉永安最放不下心的就是他兒子，他做的一切都是為了他的兒子。他自首，他認罪，他不要審判，甚至他願意接受無期徒刑，也是為了他的兒子。」

「無期徒刑終身不得假釋，這他也看不到他兒子啊！」

「他要的不是『還能看到他兒子』，他要的只是他活著而且還能保護孩子的安全，例如說死不放棄監護權，這類的。就是這樣而已。」

李明克沒等趙司博繫好安全帶，油門一踩就全速往分局方向前進。

「撥號，廖法醫。」

響個兩三聲，對方就接起電話。

「報告還沒完善，我還……」

「我只有一個問題，死者生前是不是有經歷激烈爭吵？」

「目前看不出來有任何皮下出血的痕跡；但是，激烈爭吵確實有可能會加速死後屍體僵硬的速度。」

「好。謝謝。」

「等等，等個十秒。」

接著，聽到鍵盤敲擊的聲音。

「奇怪……」

「怎麼了？」

「我在死者的指甲縫裡面有找到乾掉的血塊，我本來認為應該是劉永安的。但是……」

「志緯，我正在飆車，」李明克緊急閃了一個不看路、而且在中間車道蜿蜒的腳踏車，「沒有時間玩『想想看、猜猜看』。」

「不過，雖然劉永安身上有傷痕，但都不是抓傷，而且ＤＮＡ檢驗結果也不符合劉永安。」

「那是誰的血？」李明克緊急煞了車。

「一個在週六清晨被撞死、棄屍在路邊的老先生，」又一陣鍵盤敲擊聲，「現場處理的員警中，有被害人梁欣怡。」

「搬動過死者之後沒有洗手？」趙司博聽了覺得有些不舒服。

「被害者的背心內衣上的微小血點，也是那名老先生的。」

「被害人從週六中午處理完車禍現場之後，到週日清晨死亡之前，都沒有沐浴更衣？」

「對！而且也沒有進食。」

「還有什麼其他的？」李明克踩了油門，重新回到路上。

「死者的沒有了，但是關於嫌犯的，我收到黃俊凱傳來的照片。」

皮膚上那些驚人的血紅色線段。

「然後？」

「傷痕長度不超過二十公分，寬度不超過一公分，而且傷痕以直線條狀的為主。我有問黃俊凱現場有沒有任何條狀物。從傷痕判斷起來，是由被類似細竹條、細木棍的物品打到，才會造成這種傷。但是，實際的凶器會比竹條、木棍要有彈性，因為……」

「會不會是熱熔膠條？三十公分長的熱熔膠條？」

「有可能，可能性很大。」

「還有其他的？」李明克猛然一個右轉，輪子摩擦的聲音尖銳刺耳。

「有。你車要開多快都好，就是不准開到我的檯子上來。」

說完，廖志緯法醫就將電話給掛了。

「你中午聽到俊凱的轉述，你就知道是熱熔膠……」

「我國中的時候常被老師叫上臺打，那個老師就超愛用熱熔膠條。所以，那種傷痕我很熟悉。」

「多常？」

「低於九十五分，少一分打一下。我的成績向來在七十分徘徊。」

「九十五……什麼科目啊！標準定那麼高？」

「公民與道德。」

11. 週二，下午四點二十五分

一回到分局，進了分局大門，就看見蔡彩貞雙手插著腰、踩著三七步，氣勢凌人地站在二樓樓梯口。

「我現在要把劉永安那個畜生送去法院。現在！」

「蔡組長，我跟你約定的時間是下午五點半，距離約定的時間還有一個小時。現在，這個案子，還是由我負責。」

李明克一步跨三階樓梯的走到蔡彩貞面前。

「我不要他繼續待在我的分局。」蔡彩貞手指著偵訊室的方向，「他繼續坐在那裡，就是對我們已故的好同事的羞辱，也是對我們記憶的羞辱。」

「羞辱是嗎？最後會羞辱到的，可是比妳想像的還要多、還要深、還要廣！」李明克鄙夷地說，「再來，蔡彩貞組長，妳也只是這個分局之中的一個組的組長，這一間並不是『妳』的分局。」

「在這裡，我的資歷最久。」蔡彩貞瞪著李明克，「這間分局，我比分局長懂。」

「即便如此，這一間也不是『妳』的分局，妳也不是負責刑事案件的警務人員。今天大家讓妳主導案子，就是看在死者是妳的屬下，所以對於妳的越權、妳的濫權，睜一隻眼閉一隻眼，反正劉永安毫無疑問就是殺人罪，證據再充分他也是殺人罪。但並不表示，案子可以隨妳要重用哪些證據、要忽略那些事證、要怎麼編故事，就可以隨妳的意。無論死者是誰、兇手是誰，案件的偵辦該走哪些流程、該怎麼辦，就理所當然應該怎麼辦。」

「劉永安就是殘忍地掐死了欣怡，你沒有看到法醫的報告嗎？」蔡彩貞從鼻子哼了一氣，「我真不知道面對這樣子的一個殘忍的犯人，你忙一整天是為了什麼。你以為你是刑警你就比我更懂警察工作嗎？我告訴你，我在這個位子做了十五年了，沒有什麼我不懂的。」

「如果妳真的懂，妳就應該知道，一個案件的破案關鍵，動機、過程、結果，三者缺一不可，三者的人證或物證若有遺缺，就會是案件成敗的關鍵。今天，妳只看到結果，動機是什麼、過程是什麼，妳都不在意；妳只執著於妳自己相信的『結果』，選擇能夠支持妳的推想的證據。我今天，休假中還來接辦這個案子，就是為了找到劉永安的犯罪動機，如此而已。蔡組長，距離五點半還有五十分鐘，我會依照承諾，連同動機、手法、證據、人犯、口供，完整地交給妳，交由妳移送人犯去法院。現在，妳別擋我的路。」

話說完，李明克大步走進趙司博的辦公室。

大約十分鐘的時間，李明克拿著一封資料夾，往偵訊室方向走去。在進去之前，李明克轉身。

「任何想要旁聽的人，我都歡迎。但是，我不允許有任何人試圖打斷我的訊問。」

「李小隊長，你要的資料。」黃俊凱從一旁竄了出來，遞上一份資料。

「謝謝。」李明克接過資料說，「小趙，走。」

偵訊室還是一樣地昏暗，一樣地空氣沉悶。劉永安換上了一件印有警局標誌的T-shirt，除此之外，一樣是面無表情、低著頭、盯著桌面。

李明克坐在劉永安的對面，攤開資料夾，拿出準備好的便利貼與筆，開始在便利貼上書寫。

「臺北時間週一晚上十點，」看了劉永安一眼，「就是美東時間週一上午十點，劉尚謙先生與詹美珠女士，完成了美國公民面試程序。」

李明克將上頭載有公民面試的時間、地點、人名的第一張便利貼，貼在劉永安的右前方。

「臺北時間的週日傍晚，劉尚謙先生與詹美珠女士，帶著他們的孫子，也就是你的兒子梁宇仁，入境美國。而梁宇仁因為有美國籍，所以是持美國護照入境。」

這是第二張便利貼，貼在第一張的左方，中間留有半格空白。

「我相信前來接機的，一定是你那位在美國事業有成的兄長，劉永平。」

第三張，貼在留白的空白處。

「你自己的全家人，現在都是美國人。」李明克寫下第四張便利貼，「你自己在兩年以前，曾經有機會可以取得美國籍。但是你因故放棄。」

第四張，貼在劉永安的左手邊靠近桌子邊。

劉永安的肩膀忽然之間顫抖；接著，連頭也不自覺地抖著。

「一年以前，梁宇仁出生。」

這是第五張。李明克將它貼在劉永安的正前方，再從資料夾中拿出剛印出來的、梁宇仁在玩水的照片，疊在這張便利貼上。

劉永安的左手，緩緩地從桌下舉起，慢慢伸手觸碰著照片，輕撫著照片中的孩子。

「你等了四十個小時才自首，就是為了等到你父母親正式成為公民，能合法居住在美國、在美國合法的撫養梁宇仁，讓你的家人不必回到臺灣。」
「不是，是因為我不知道我該怎麼辦，所以才等了很久才自首。」
「在行兇之後，你掛心的還是梁宇仁，你將梁宇仁的衣物、玩具，能裝箱託運的就盡量裝箱。這樣，梁宇仁如果得到陌生的國外生活，生活用品都還是他熟悉的。」
「不是，警官，我沒有……」
李明克遞出機場登機櫃檯的照片，以及幾乎空無一物的孩子的房間。
「你願意為梁宇仁做任何的事情，包含承擔所有的傷痛。」
李明克將劉永安背部的傷痕照，推到劉永安的面前。
「不是，這是我自己不小心摔傷的。這是我自己摔傷的。這跟宇仁沒關係，是我自己笨手笨腳，常常摔倒……」
「摔倒不會全部傷在背上。」
「會，會。我……我抱著宇仁的時候，常常重心不穩。為了不要摔到宇仁，我就，我就，我就用背去……」
聽著劉永安結結巴巴地說明，李明克只是再拿出物證照片，輕輕柔柔地放在劉永安面前。
「熱熔膠條。」李明克指著照片中的白色條狀物。
劉永安看著照片，嘴唇微微地抖著。接著，眼眶慢慢泛紅，有淚滴在眼眶中打轉。嘴巴一開一闔，彷彿想說些什麼。卻什麼也說不出來，眼睛不停地眨著。
「是……是……是……是我不好，全部都是我的錯。因為……因為我沒有把宇仁照顧好，所以我，所以我需要懲罰我自己。」

劉永安下定決心，真切地說出一個荒謬的解釋。

「梁欣怡認為你需要用這種方式懲罰你自己？」李明克指著梁宇仁的照片，「但是，孩子在你的保護之下，很安全，很健康，而且成長得很好，不是嗎？那為什麼你需要為一個不存在的過錯懲罰你自己？」

「孩子太早會走路，對成長不是一件好的事情。我買太多學步車了，這會傷害孩子。我做錯決定了，我傷害了孩子。我……」劉永安神情慌亂地看著李明克，「我是男人，我沒有懷過孩子，所以，所以我不會知道孩子需要什麼。只有媽媽最知道……只有媽媽才會知道什麼對孩子最好……我沒有保護好宇仁，我傷害了他，我……我殺了他的媽媽。」

「我也不是個好丈夫，我不是個好丈夫。我沒有支持我妻子的夢想，我沒有協助妻子完成她的工作。我，所以我，拿熱熔膠懲罰我自己。」

「欣怡很聰明，欣怡很優秀，欣怡語言能力很好……」

「但是，你的能力比她更好，比她高了一階。」李明克說。

「她比我好。但是，她的運氣不好，每次都遇到很困難的題目。我很幸運，我的題目比較簡單。」

「梁欣怡的網路資訊知識，也比你好，對不對？」李明克問。

「……對。」劉永安搗蒜似地點頭，「我，我只會去偷看別人的電腦，欣怡…………」

「欣怡連防毒軟體是什麼都不知道，『白帽駭客』對她而言更是陌生的領域，她也根本不會理解『亞洲最厲害的駭客中的一個』的你，究竟有多厲害。」

「我只是會偷偷潛入別人的伺服器，偷偷下載別人公司的資料……」

「一個矽谷、各大網路公司捧著鈔票等著請你幫忙的駭客，一個美國政府願意給你公民身分只為了希望你的技術能留在美國、為美國服務。」李明克笑著說，「這樣叫做不厲害？我認為，這真是厲害的不得了。」

劉永安不再顫抖，也沒有繼續辯駁。他將梁宇仁的照片緊握在手中，

「我不知道我哪裡做錯了。我每件事情都依照梁欣怡要的去做。她說她要結婚，因為她如果未婚懷孕，會被逞處、會不能晉升，所以她要結婚，所以我就跟她結婚。她說她要一場風光的婚禮，禮服要量身訂做，所就帶她去訂做；她要馬車，我就給她馬車；她要我放棄美國籍，我就去放棄。突然，她又說她不要結婚，要拿掉孩子，她說都是因為我，所以害她沒辦法好好工作，她不能久站，她不能騎車，她沒辦法有好的績效。我害她過得不好，我害她會被新的長官瞧不起，我害她會讓新同事覺得她很難搞，她的新同事們覺得，她是故意一結訓就懷孕，目的就是為了不要承擔工作。所以她要事業，不要小孩。」

「那你的反應是什麼？憤怒？難過？」

「我捨不得，那，那是我的孩子啊！可是，身體是她的，她說我沒有權力幫她的人生做決定。」

「但是你們也結婚了，孩子也生了，看來你也幫梁欣怡的人生做了決定，不是嗎？」李明克帶點不齒的語氣。

「她說她要拿掉孩子，要我簽同意書。我簽了，因為那是她要的。可是，她又拿著那一份同意書說，這我強暴她又不願意負責、是我逼她墮胎的證據，她自己沒有意願，我就在上面簽名，我逼迫她，我不尊重她。然後，她又決定會把孩子生下來，做為我強暴她的證據，除非孩子跟她的姓、財產登記在她名下。」

「你有強暴對方嗎？」

「我……我是還沒把保險套戴好，她就，上來了。」劉永安遲疑了一下，「但是，欣怡說，我沒帶好套子就是違反她的意願，所以符合強暴條件。」

「所以你就同意了梁欣怡的要求？」

「對。」劉永安定格了兩秒，然後點頭，接著說，「後來，她說長官派她去研習，她一定得去，不去會被瞧不起，所以必須瞞著懷孕的事實去參加研習。」

單面玻璃傳出急躁的敲擊聲，約莫個十來聲，就停住了。

「所以，你就出錢讓她自費出席研討會。」

「自費？」劉永安慌張地看著李明克，「沒有！欣怡說，警界出席活動時，如果自費的話，會被認為企圖心太強，愛秀，所以一定要拿到邀請函。主辦的人中有我認識的人，他出了邀請函讓欣怡能夠申請補助，所以不是自費。真的不是自費。」

「這樣子嗎？」

李明克回頭看了一下鏡子。另一間房間中的蔡彩貞，現在不知道暴怒成什麼模樣了。

「欣怡不想住我哥哥家，雖然我哥家離研習場地比較近。欣怡堅持要住市中心的飯店。結果搭車的時候摔傷了，然後就……」

「就在美國安胎，在美國生。」

「對。她不准任何人去陪，她說她要認真準備考試。但是，回來了之後又責怪我不去陪她、責怪我不出錢讓她母親飛去美國。

「回來之後，她說我在家工作帶小孩才會讓她放心，所以我就照辦。她要我接送她上下班，我也就接送。她說工作量很大、帶回家做也不見得做得完，所以我就幫她做。她說勤務很忙，沒時間寫作業、論文，要我幫她寫，我也就寫了。

「可是，我沒有任何一件事情能達到她的標準。我帶著孩子去工作室，她說我讓孩子暴露在危險中；我在家裡陪孩子，她說我沒工作我讓她丟臉。我載著孩子跑，她說我虐待孩子不讓孩子休息；我不帶，她就說我是個遺棄孩子的壞父親。」

「之後，她就開始對著孩子砸杯子、砸玻璃？」

李明克滑出空無一物的層架，還有玻璃碎片的照片。

「不！沒有！她沒有這麼做，她……她……她只是……」

「只是？只是她拿著有你簽名的同意書？只是她要求要離婚要帶走孩子？」李明克逼迫著劉永安說出來，不讓劉永安有再縮回自己的殼內的機會。

「只是讓我知道她知道全臺灣育幼院的位置，她會在我睡著了之後把孩子送走。這種事情如果會發生，就都是因為我的錯，因為我不是一個好父親，因為我害她無法兼顧職業婦女與好媽媽的身份。」

「那你什麼都配合梁欣怡的要求就好了，不是嗎？沒有必要掐死她。」

李明克往椅背靠，雙手抱胸，冷冷地看著劉永安，彷彿他是一個滿嘴謊言、欺騙成性、無教化之可能的慣犯。

「對我的要求，我都配合。她要我買房子讓她跟家人能住一起，我買了；她要我每個月如何陪伴、照料她的父母，我盡量配合。可是，她要我父母放棄綠卡，她要我哥哥把公司賣了，她要我家人全部定居在臺灣，這個我做不到，我沒辦法。她就拿了個花瓶往我砸過來。」

「砸向你，你有辦法抵擋的，不是嗎？」

「當時我懷裡抱著宇仁。」

「你當時離婚的話，就不會需要承受這些了。」李明克指著劉永安背上的傷，「所以如你所述，真的都是因為你的錯，因為你的不作為。」

「我有去找律師，律師說我不可能離婚。」劉永安哭喪著臉，「如果堅持離婚，因為我沒有正式的、穩定的工作，我的家人長年旅居在外所以我沒有家庭支援。我有簽人工流產的同意書，可以證明我有過放棄孩子的想法；我時常三更半夜帶孩子在街上閒晃、剝奪孩子的休息時間，加上孩子年紀還很小、需要母親的照顧，所以孩子的監護權會判給媽媽。」

「你工作室中的朋友難道不是人證嗎？你堂堂一個男人，又懂電腦又懂網路，難道就沒有辦法替你自己錄下證據嗎？」李明克厲聲質疑。

「欣怡是警察，她跟她同事的證詞比較能取信於人。大家都說，妻子是嫁進門的的，所以為了要融入我家，所以她的生活習慣得要有很大改變，所以做丈夫的得要多包容；媽媽懷孕很辛苦，那種辛苦丈夫不懂，所以做丈夫的就是要多體諒。律師問我，我那麼急著離婚、我太太情緒那麼多變，是不是因為我外面有人，所以無心經營家裡，所以才讓她有偏激的行為……」

「所以你就放棄『離婚』這條路？」李明克左手托著下巴。

「本來沒有，但是欣怡不知道怎麼發現我去找過律師，就忽然帶著孩子開車不見了。我找了所有的地方，問了所有能問的人，都沒有她們的下落。等到半夜我接到某間育幼院的電話，電話那頭說，因為車子拋錨加上手機沒電，所以她們母子在育幼院等拖吊車。」

劉永安雙手摀著臉，精疲力盡。

「之後，摔東西、砸東西變成常態。家裡也就隨時出現熱熔膠條。只要我不配合她、不依著她……不順著她……」

「針對你嗎？」李明克右手握著筆指著劉永安。

「不是。」劉永安又輕撫著照片中的梁宇仁。

當然不是。從韓惠蘭的敘述，李明克察覺到梁欣怡必然是以要傷害梁宇仁的方式，要求劉永安順她的意。雖然梁宇仁年紀雖然小，但是也一定會感覺得到緊張、害怕，還有恐懼。而這個恐懼來自於一名與他親近的女性角色，必然是讓梁宇仁不願意親近女性的原因。

「而且，梁欣怡的決定總是反反覆覆，每一天每一刻鐘都不一樣，所以爭執就更頻繁地發生。」

劉永安緊咬著牙根，閉上雙眼，流下兩行淚，表情十分痛苦。換了好幾口氣之後，才輕輕地點頭。

「回到上週六下午，你接了梁欣怡下班之後，去了哪裡？」

「回家收拾行李。我們週日下午的飛機去日本，晚上是孩子跟我父母去美國。」劉永安用手掌抹去眼淚，「我相信這些你都知道了。」

「你們半路上吃過晚餐……」

「沒有，都是家裡開伙。欣怡說外食不健康，孩子開始試著吃大人的食物，所以更不可以外食。」

「所以你們回家煮飯……」李明克看到劉永安微妙的表情變化，「抱歉，是回家之後你準備煮飯。」

劉永安又抹去兩行淚。

「之後你們有一場非常大的爭執。」李明克身子往前，雙手擱在桌上，「應該是從她一上車就開始，一直爭執到第二天凌晨。」

劉永安瞪大了眼，不可置信地看著李明克。良久。忽然，彷彿積鬱已深、壓抑甚久後，忽然間大石頭被搬開了似地，劉永安開始痛哭。上氣不接下氣地，一古腦把心中的苦，嘶吼出來。

「她說她不要去日本……她說她要帶全家去首爾……她說她要一個家族旅行式的韓國旅遊，她說……啊——她說的家族旅行，是她的父母、她的哥哥、我的父母、孩子，全部一起。她說她難得能夠請到了假，本來就應該尊重她的……她的安排。」

「但是，你父母親的面試，是三個月之前就決定了；你們的旅遊，是兩個月前就決定的。」

「不。其實面試是在半年以前就訂好了，為了配合欣怡的休假，所以改期過一次。跟這次的狀況類似，面試的時間訂了，欣怡就說那時旅遊有優惠，她不想帶孩子，她要我父母回來帶孩子。期改了，我父母回來了，欣怡就說公司停休，所以不去。」劉永安又哭又笑地說，「這回，她在出去的前一個晚上，要我把所有訂好的飯店、機票退掉重訂，而且是改為兩個家族的大旅遊。」

「希望全家族一同出遊，立意良善，但是，用這種臨時決定的方式安排，其實並不恰當。況且，你父母親的事情，應該不可能再改期了吧？」

「是還可以。但是，欣怡後來說，她就是瞧不起我父母那麼想要當美國人；要當美國人也要她的父母先當了，我父母才有資格。」

「欣怡發覺我，沒有要配合她、沒有阻止我父母去美國的想法後，就開始砸東西，丟東西，摔東西。宇仁嚇哭了，欣怡……就……就從她的包包中抽出熱熔膠條……跟我說，是我沒帶好孩子，孩子才會亂哭，所以孩子才要挨打，一切都是因為我惹她生氣，是因為我讓她不好過……」

劉永安深吸幾口氣，緩了緩情緒。

「等我把孩子哄睡了，欣怡又抓著東西往我身上砸、丟。我有想過要報警，可是，欣怡說，因為我是男性，男性不會被家暴；因為是我的錯，她只是一個蠟燭多頭燒的職業婦女；因為她是警察，所以不會有人聽我的……」

說完，劉永安像洩了氣的皮球似地，整個人癱在椅子上。

李明克則是轉過身，看著單面鏡。

「梁欣怡就這樣子吵到早上？我不相信。」李明克回身看著劉永安，「三更半夜，密集的公寓大樓，大聲的爭執、杯盤器皿破碎的聲音，難道不怕鄰居聽到？」

「不怕……因為欣怡說她怕吵，所以家裡在裝潢的時候，花了很多錢在隔音上。」劉永安絕望地笑，「所以，沒人聽得到。」

「梁欣怡就那樣子吵到凌晨？」

「對。天快亮的時候，她發覺我沒有任何要重訂行程、改變我父母親行程的想法，她就趁我要進臥房拿東西的時候，抓著熱熔膠條，要進宇仁的房間，說要把那個害她過得像現在這麼糟糕的壞東西，打成殘廢。我抓住她，她開始尖叫、嘶吼著說是我害了她。等到我發覺聽不到她的聲音時，她已經躺在地上了。」

劉永安看著自己的雙手，正如同前天早上盯著自己僵硬泛白的手，彷彿還看得到梁欣怡那雙怒視的雙眼。

「李警官，我就是親手掐死我的太太梁欣怡，我沒有在替任何人頂罪。是的，我之後的所有行為都是為了保護我的兒子。我知道我岳父岳母一定會要孩子、把孩子帶走。但是，他們……他們……我看過他們跟宇仁相處的方式，我沒辦法放心把孩子交給他們，宇仁也跟他們不熟悉。忽然間沒有了爸媽，我捨不得再看到我兒子給他不認識的人照顧。所以，我……我……我……」

「等一下這位趙警官會拿筆錄請你確認並簽名。之後，將會將你移送到地檢署複訊。」李明克站起身，將方才取出的列印照片收好，夾入資料夾。

「我什麼罪都認，不要去找我兒子就好。讓他在美國長大，讓他不知道他的父母究竟怎麼了。只要能夠這樣，我什麼罪都認。」

「劉宇仁會過得很好，會快樂長大，因為，」李明克走到劉永安身後，拍拍他的肩膀，低頭對著劉永安說，「王副大隊長認得幾個律師，會幫你請一個適合這個案子的，你很快就可以出去陪著你的兒子長大。」

12. 週二，下午五點十五分

李明克步出偵訊室，迎面所見皆是瞠目結舌的表情。低頭看了手機，時間顯示為五點十五分，有四封簡訊、一堆LINE訊息、還有八通未接電話。

「五點十五分，」李明克將資料夾拿給蔡彩貞，「蔡組長，我信守承諾，在五點半之前給你一個完整的案件。您口中那位優秀的員警、願意承擔他組業務的員警、有前瞻性的員警、努力向上的員警、愛家的員警，的本尊，就在那間偵訊室裡面。我相信，接下來，您應該可以秉公所有的移送、複訊，以及物證轉移的作業。」

「少來，怎麼可能，這，欣怡，這。」案子的真相著實震撼了蔡彩貞。

「我之前也承諾，這個案子的報告會交還給你們分局處理，我李明克只是過來協助貴分局偵辦這一起案件而已。蔡組長，我的任務結束了，現在案子交還給妳。貴分局新到任的趙司博組長剛好也參與了辦案。我相信在調查報告的撰寫上，趙組長能夠提供相當多的協助。」

「趙司博？」蔡彩貞失神地看著李明克。

「拖我下水。」趙司博在李明克耳邊咬牙切齒地說。

「我多帶幾隻鴨子腿回來給你就是了，幹嘛那麼小器。」李明克拍拍趙司博的肩，「好了，時間剛好，我要回去收行李了。我要放假了。」

李明克跨開大步，滑著手機，輕快地往分局停車場走去。

有隊部的電話，看來是要質問他為什麼沒有上面的命令就擅自行動。自己小隊上的LINE群組，你一言他一語地詢問需不需要支援。有通未接電話是來自王副大隊長。李明克決定先簡短地回個訊息，等到了機場再如實向副大隊長報告整個案子。

最後一封簡訊，來自一個聯絡人名稱為「瑞」的號碼，內容寫道：

『訂八點的車去機場。我等等去你家樓下的咖啡館等你。帶了一只空的行李箱，等著給你用。』

（第一部終）

我無罪

我，死了？
我死了？
我死了！
我死了。

下著雨，雨滴打在我的身上。
雨水一顆一顆地打進我的眼窩，滲入我的耳朵，流進我的喉嚨。
我的衣服濕了，雪紡紗的裙子黏在我的身上。
昨天才燙的頭髮，現在浸在水中，我的腦勺枕在一灘水窪中。
雨水，順著衣服，流進了我的肚子、我的胸腔。

我沒有感覺。
所以，我想，我應該是死了。

我叫張伊婷，今年二十六歲。結過婚。有過一個孩子。

我很想說出我怎麼死的。我的眼睛看得到雨滴，我應該也看清楚我是怎麼死的才是。

但是，我沒辦法。

我在這裡躺多久了？一分鐘？五分鐘？一小時？半天？一夜？

我不知道我怎麼過來這裡的，我記不起來我人在何處，我想不起來當我還能自主移動我的身體時我在何方。我最後吃的東西是什麼？我最後一個見到的人是誰？

我記得……

我記得，在資訊展上，很多人找我拍照。

我記得，粉絲團破了二十萬個讚。

我記得，黑色的賓利上頭繫著紅色的彩帶。

我記得，我叫張伊婷，今年二十六歲。結過婚。有過一個孩子。

雨停了，應該。

因為我看到了，陽光，應該。

我想閉上眼睛，但是我閉不起來。

光線照得我的眼睛看不清楚周邊的景物。

我的頭頂處有一道陰影，我的左右也各有一道陰影。我好像在一個巷子裡頭。

有一隻蟑螂，爬上了我的身子，我看得到兩根長鬚在我的眼前晃動。
有兩隻貓，在我腳邊。我看得到牠們的尾巴，我感覺的到牠們在我腳邊走動。

光線不再那麼地刺眼。
我眨了眨眼睛。我坐了起來。我站了起來。

我的衣服乾了。我的頭髮乾了。花三千元燙的頭髮，捲度果然漂亮。

我低頭。我看到了，我。
一個扭曲的肉體。濕透的頭髮貼在臉頰，衣服整個黏在身上。假睫毛黏在臉頰、黏在額頭。三四條黑色的水痕從眼眶流到了臉頰，流到耳朵。
身上那白色的洋裝，胸口處一片黑紅，腹部也有一片紅。我的左手手掌，也是紅的。
我死了，被捅死的。

誰殺了我？
我記不起來了。
我記得，我叫張伊婷，今年二十六歲。結過婚。有過一個孩子。
孩子死了，然後我離婚了。

現在，我也死了。

什麼時候才會有人發現我？

1

「死者，女性。年齡不明，應該在四十歲以下。」

穿著白色套頭連身連鞋套不織布服裝的人，蹲在狹小巷道中的一具女性屍體旁邊。束緊的頭套只露出一張橢圓形的臉，這張有著精緻五官、小雀斑、帶著橢圓形金屬酒紅色細框眼鏡的，女性。

一旁有個同樣被塞進不織布袋中、體格壯闊的人，拿著相機，這也拍那也拍、詳實的記錄著。看不清性別，但從體形來看，絕對是個男人。

法醫戴著手套的手，按壓著屍體的四肢、下巴、腹部。

「剩下指尖跟腳板還是硬的，其他部分都已經回軟。」

在確定屍體的外觀已經被確實記錄之後，法醫輕輕地從衣服破口處挑起布料，以手代眼地查看黑色印漬下的傷口。

「一個在腹部左上方，大約是肋骨下方兩公分處，距離體側大約一個手掌的位置。傷口是右上往左下斜，傷口開口大約是三公分長。另一個傷口在左胸，左乳房的右下緣到肋骨劍突之間，傷口是左右向的，開口大約是三公分長。」

「同一把刀嗎？」

男子將眼睛離開了相機，低頭問著法醫。

「還不知道，也不知道是不是刀子，只知道凶器是扁平狀的，寬度大約一到三公分。長度，還得回去解剖之後才能確定。但是，」法醫拿出一根稍微比鐵絲粗的金屬棒，緩緩滑入傷口，直到彷彿碰到底了之後再將金屬棒抽出，「傷口深度大約十二公分，凶器應該短於十二公分。」

「剛才說傷口深度大約十二公分，凶器怎麼會短於十二公分？」

來了一個留著西裝頭、身高大約一百七、皮膚白皙、臉上隱約還有些許痘疤、身穿黑色底、印著黃色「刑警」字樣背心的年輕男子，探著頭看著傷口。

「身體的組織是軟的，凶器是硬的。當凶器進入身體之後，組織會被壓縮，這樣當凶器拔出身體的時候，留下來的傷口深度就會大於凶器長度；同樣地，傷口的寬度也會大於凶器的寬度。」法醫抬頭看著這名年輕男子，「新來的？」

「是！」年輕男子露出陽光般的笑容，潔白整齊的牙齒閃閃發亮。

「新來的偵查佐，還需要好好地調教教育。」

從巷口走進來一名有幾撮朦朧白髮、面帶倦容、略帶風霜、身穿便服的男子。仔細看，其實年紀應該不過三十五。

「小隊長。」持著相機的布袋裝人物開口打了招呼。從聲音來判斷，確實是名男性。

「請繼續。」

被稱為小隊長的人，伸出手將臉上寫滿興奮的『偵查佐』拎走，同時對著法醫點頭招呼。

在確定鑑識員記錄了屍體外觀狀況之後，法醫輕輕地將衣服從腰際撩起，檢視著腹部的傷口。

「肉眼沒有辦法看到凶器的壓痕，所以不確定是有刀柄的刀械，還是普通的長型薄刃。」法醫抬頭，「關於凶器的詳細狀況，得解剖了之後才會知道。」

「這是第一現場嗎？」

小隊長眼睛掃過四周。

「應該是。」

法醫端詳著死者衣服上的血跡，稍微撥動屍體檢查陳屍位置的地面。

「怎麼樣判斷這是不是第一現場？」偵查佐探頭問。

「血跡。」法醫、鑑識員、小隊長異口同聲地說。

「死者衣服上的血跡，除了上半身，腹部傷口以下以及胸部傷口以下，各有一條比較長的血跡之外，其他的血跡都以傷口為中心點擴散出去。由此可初步判斷，死者是站著被攻擊，造成了兩個穿刺傷之後，才倒臥仰臥在地上。」

法醫指著雪紡紗裙襬上的一條咖啡色的U形痕跡

「雖然死者陳屍此處之後有遇到下雨，雨水沖掉了不少血，也對現場造成不少破壞。但是這條深咖啡色的U形線條，代表的是血液第一次乾掉的位置。而死者背部的衣服上有血跡，倒臥的地面上還有明顯的人形痕跡，這些都代表死者在此處遭刺、倒臥之後，就沒有被移動。因此，可以判斷這是第一現場。」

「雨水對於血跡不會造成影響嗎？」偵查佐問。

「會！水是現場證據的最大破壞者。」鑑識員說，「可能會將留在死者衣服上的兇手的ＤＮＡ沖掉，或是沖洗掉大部分的血跡，水流還有可能將屍體附近與命案無關的塵土、蟲子、細小碎片等等，帶到屍體上，而增加採證與鑑識的困難。」

「但是，以這個案子而言，雨水並不影響第一現場的判斷。」法醫指著死者的手臂，「雖然死者大量出血導致屍斑範圍小，但是屍斑的分布位置顯示死者死亡之後就維持這樣的姿勢沒有被移動。從殘留的血跡跟屍斑的位置可以斷定，這裡應該就是第一現場。」

「法醫，依目前的判斷，凶器是長十二公分以下，寬三公分以下，扁平狀的利刃？」小隊長為凶器大略的模樣做確認。

「是。」

「要各員警注意，搜索現場周圍區域，尋找長十二公分以下，寬三公分以下，扁平狀的利刃。兇手有可能隨手丟棄在路邊。」小隊長給一旁的員警下達指示。

「死亡時間？」

「根據屍僵情況以及臉部浮腫狀況判斷，死者死亡時間大約是三到四天之前。」法醫補充，「氣象報告顯示，這附近從前天晚間將近十一點時，開始斷斷續續地下著小雨。然而，死者背部正下方的地面還有部分是乾燥的，因此死者應該是在下雨之前就躺在此處。」

「誰發現屍體的？」小隊長轉頭問第一個抵達現場的員警。

「清潔隊跟動保處的。」員警回答，「鄰近居民投訴這幾天經過這條巷子時有些奇怪的味道，而且野貓、野狗變多，所以通知清潔隊跟動保處的前來處理。」

「這附近沒有住人嗎？」偵查佐抬頭看看兩旁四層樓高的公寓。

「這個社區正在談都更，住戶都搬離了，但是還有幾戶條件沒談好，因此還沒動工，所以這個區域現在是沒人居住。但是，前端一部分公寓已經拆了一半了，基於安全應當是管制出入、不得進入才是。」

小隊長替這個從外地來的偵查佐補上課。

「附近沒有住戶，唯一的通路外頭又有圍籬隔著。加上，」偵查佐抬頭看了看四周，「附近沒有監視器。」

「所以該去調閱這方圓幾里內的所有監視器，從前天晚間十一點之前半天的畫面，從中尋找死者的移動路徑，再看看兇嫌有沒有尾隨死者。」

「學長，那樣，需要看的錄影畫面很多耶！」偵查佐哭喪著臉。

「我們都是這樣過來的，當遇到重大刑案的時候，更是沒日沒夜地看各支監視器的監視畫面。」小隊長苦笑。

「大哥，大姊，請問死者的死亡時間能更確定一點嗎？」偵查佐大眼汪汪地看著法醫。

「可以，但是要等解剖之後才能知道更準確的死亡時間。而解剖最快應該是排在後天。」法醫親切地微笑，「最近業務比較多，需要排隊。」

偵查佐收起汪汪大眼，認命似地吐了一大口氣。

「怎麼？很失望？」小隊長問。

「我知道在臺灣擔任刑警是不可能像電影裡面那樣威風，但是我總認為會有很多走動、查訪、詢問的工作，而不是只盯著螢幕一格看過一格。」

「要走動、查訪、詢問？有啊！」小隊長呵呵笑著，「誰發現屍體、怎麼發現的、死亡多久、死亡方式，剛才都有初步瞭解了，但還有一個重要的問題還沒問。」

「還有一個重要的問題還沒問……」

「知道死者的身分嗎？」

「附近只有一只小皮包，證件還在，但是沒有手機。」

鑑識員從一旁的箱子裡拿出一只透明塑膠袋，裡頭裝著一只桃紅色、跟小說書本一般大小、拉鍊式、有揹帶的小皮包。再拿出一只透明塑膠袋，當中裝著身分證。

「沒有手機？」小隊長接過身分證。

「沒有，而且皮包被發現的時候，拉鍊是拉開的；但是皮包裡面還有三千元，跟一張悠遊卡跟一張悠遊金融卡。」

「皮包在哪裡被發現的？」

「就小隊長你站的位置。」一旁的員警說。

小隊長現在站在屍體腳前約一步的位置。

皮包不在死者上半身附近，反而在離死者約一公尺遠處，拉鍊是拉開的，但是皮包中的現金及有價物品還在，卻缺少了現代人最離不開身的手機。

「所以，這是強盜取財失手殺人，還是搶奪手機殺人？」偵查佐大聲地說，「或是兇手行兇之後將死者的手機取走。」
「情況偏向後者的可能性很高。」小隊長保守地回應。
「但是無論如何，請通訊業者提供手機出現在此處的時間，以及手機之後的位置，都是找尋兇嫌的方式。」偵查佐這下靈光了。
「之一。」小隊長強調，「請通訊業者提供該門號出現在此處的時間，確實是可以縮小、確定犯罪發生的時間，也就可以少看一些監視器畫面。但是，要通訊業者提供門號資訊，事先需要向法院聲請搜索，才能夠合法調閱。從聲請到調閱，中間耗費的時間，就足以調閱不少支監視器畫面了。」
小隊長拿起身分證，發證日期在去年。姓名張伊婷，今年二十六歲，戶籍地在臺北市，配偶欄空白，父親張柏榕，母親林秀娟，兩人仍健在－至少在身分證換發的當下。
「接下來，就是按戶政資料去找線索。」小隊長轉頭看著這個年輕的偵查佐，「你心中想像的刑警，有很多走動、查訪、詢問的工作。走吧！」
小隊長將所有證物袋放回證物箱中，轉身就往路上走去。

2

雖然我臉上的妝已經花了，眼睛濁白不再那麼有靈氣，原本凹凸有致的身材也已經腫脹、變色、變形，還有一點點脫皮，但是這些警察竟然沒認出我是誰，這也未免太羞辱我了吧？
哀！也是啦！現在網路上敢脫敢露的妹妹那麼多，沒人記得我這個外拍票選第一名的小模，也是應該的。況且我還結了婚，還生了小孩。

不過，沒認出我是誰就算了，要聯絡我的父母？

為什麼要聯絡我的父母？

從我大一搬離開家到今天，就只有在辦結婚的那一陣子有跟家人聯絡。這麼多年沒有跟他們往來了，聯絡我的家人，又有什麼意義呢？

如果是要認屍，我前夫還可能比較認得出我來。

通知我的父母親，也好，讓他們知道他們的女兒不會再讓他們覺得失望、難看、沒面子也好。

說真的，我對我父母親的印象，其實很模糊了。

記憶中，我的父母從來不在我身邊，即便人在我身邊，也從來沒有注意到我。反而是我哥哥，總能得到他們的注意。

我父親是做什麼的，其實我不知道。應該是不曾有過工作吧！記憶中，每次遇到父親，他如果不是在睡覺，就是準備要去睡覺。能見到清醒的父親的日子屈指可數。

對於我父親，印象最最最深刻的就是：父親的臉永遠是紅的。我曾經以為，每個人的父親的臉都是紅的。直到我國中時候，跟著同學們在公園聊天，男生總會帶著啤酒來助興。公園的路燈下，他們的臉本來是白的；啤酒喝完了之後臉就紅了。我那時才恍然大悟，原來我的父親是酒鬼，才會臉永遠那麼紅。

我早上要出門上課時，我父親還醉醺醺地睡倒在客廳；等我晚上補完習回家，我父親依然是醉了在睡，只不過回去睡床上。我幾乎從來沒見過我父親清醒的時候。

每當伯伯、舅舅或是鄰居問我父親他的工作時，父親總沒有辦法把他的工作講清楚。雖然，哥哥是說，父親的工作太複雜，不容易說清楚。但是我知道，父親其實根本沒有工作，卻又怕鄰居指指點點，笑說他是吃軟飯的，所以才把他自己的「工作」形容得讓人聽不懂。

至於我母親，其實也不是盡責的母親。

別人的母親，早上會早早起來，幫家人準備早餐，幫孩子準備便當，然後再輕聲喚醒孩子，幫小孩穿衣服，幫女兒綁頭髮，陪小孩吃早餐時可能還會幫忙複習不懂的功課。然後，送小孩去上課，之後自己才去上班。

別人的母親，無論工作有多麼忙碌，家事總是一肩扛。家中環境乾淨得一塵不染，衣服每兩天洗一次，床單、被褥每兩週會清洗曝曬一回。家中冰箱每天都有新鮮的蔬菜，水果也都是切盤的。

別人的母親，無論工作多麼累，週末一定會空出時間來，帶小孩逛街、買衣服、看展覽或是單純地就是出去玩。

但是，我母親都沒有。

但是，我母親從來沒有這麼做過。

我起床時，母親已經出門去了。餐桌上沒有早餐，沒有中午的便當，連買吃的的錢都沒有留下來。

我起床的時候，母親已經出門了，所以沒有人幫我綁頭髮，所以我永遠是剪短髮。當然，更不可能有「母親接送上學」這種事情了。

家裡的冰箱永遠永遠都是週末滿、週間空，青菜都不知道冰了多久了，更不曾見過家中水果是清洗切盤才端出來吃的。

週末，我們想出門，但是母親都說不可以，因為她很忙，因為她有工作還沒完成，而且她還要做家事。

其實，我相信，我母親做的工作肯定也不怎麼了不起。如果母親的工作真的那麼重要、那麼繁重，讓她得「犧牲」週末的時間在家繼續工作，那麼，我們家的家境應該很過得去才是。

祖父、祖母、外祖父、外祖母早早就死了，父親、母親也沒有奉養父母的必要，住的又是祖母留下來的房子，所以既不必繳房租，也不必繳貸款，所以，父親、母親他們賺的錢，只需要養哥哥跟我兩個人而已。如果母親的工作真的那麼重要，或是父親真的有出去工作，那麼我應該不必去補習班打工賺我的補習費。

是啊！同學們的補習費都是父母親出的，我從進了國中以後的補習費，都是我在補習班打工來抵的。我的第一支手機也是打工賺來的，電腦也是，甚至連高中的學費，也都是我站便利商店的夜班站來的。

這些，也沒多少錢，可是我的爸媽就是沒有。他們不是沒有錢，只是全部都花在他們自己身上了。買酒、買衣服、買化妝品、買電腦……

但是，父親、母親卻很捨得花錢在哥哥身上。讓我印象最深刻的，是在我國小的時候。當時，學校的那些臭男生最喜歡比較誰能穿到最新的喬丹球鞋，好像穿上了那雙鞋就可以有多厲害似的。不打籃球的哥哥，只是因為一句「同學們都穿」，母親就幫他買了兩雙同款式不同顏色的喬丹鞋。一雙喬丹球鞋也要個六七千元，就因為一句「別人都有」，母親就二話不說砸了一萬多塊在哥哥身上。可是當時，我想參加課後才藝班，一期不過兩千多，母親就說是浪費錢。

在我父母親的眼中，哥哥是他們的寶貝，我是讓他們失望又沒面子的孩子。哥哥參加競賽沒得到名次，父母親總是說那是因為別人太厲害；換成我參加競賽，拿到第二名時，父母親說那是我自己不努力，贏得第一名時父母親他們則認為我參加的競賽太簡單沒有意義。哥哥成績考壞，父母親說那是因為沒睡飽、身體不適等等，替哥哥解釋；我的成績進步了，父母親卻認為我不夠認真、不夠努力。

哥哥準備高中聯考的那一年，是我父親難得清醒的一年。父親每天早上送哥哥去學校，晚上去補習班接哥哥回家，週末也是接送哥哥來去補習班；但是，父親總是以機車不能三載為理由，要我自己走路上學、走路回家。

哥哥準備高中聯考的那一年，也是我記憶中母親難得天天下廚的一年，早起備早餐、做午餐便當，晚上還費心準備給哥哥夜讀的消夜，燉雞湯、燉補品；而每天早上放在餐桌上的一百塊，就是我的早餐、午餐還有傍晚的點心。

在我準備基測的那一年，我還是自己走路上學，因為哥哥考上了他的第一志願，但是沒有直達的公車，所以父親還是繼續送他上課。

在我準備基測的那一年，每天早上放在餐桌上等我的，是兩百塊的早餐、午餐、晚餐跟消夜錢。

一樣都是考上自己的第一志願高中，但是父母親就是覺得哥哥的表現非常好，我就是讓他們丟臉。反正，哥哥是最棒的、任何表現都是最優秀的、是最聰明的、讓他們驕傲的；而我，就是生來讓他們丟臉的。

哼！這樣子的父母親，竟然可以大言不慚、臉不紅氣不喘地，在家長會上、鄰里聚會上，大聲地說他們是最注意小孩教育的父母。

這是不是真的很好笑？

所以，等到我進了高中，可以開始打工後，我就決定不靠家裡。既然在父母親的眼中，我是那麼地失敗、那麼地讓他們失望，讓他們覺得沒面子，甚至常我我究竟是不是他們的孩子。那我就自立自足，不要靠他們，自己生活。這樣，或許對所有人而言都是一件好事：父親母親不用再看到我，不用再覺得錢花在我身上比燒金紙還枉然，哥哥也可以獨佔父母親的寵愛，我可以擺脫那個不公平又沒有感情的家。

大學我如願錄取到臺北市以外的學校，我終於有理由搬離開那個冷漠、不公平的家，在外租屋，自己打理生活費跟學費。雖然父母親有說，他們願意幫我付學費。但是，只要想到只是因為希望哥哥能住在家裡，父母親就樂於支付哥哥兩倍於我的學費，而我的學費，他們只是「願意支付」，只要想到這個，我就決定一切自己承擔，不要再被家人看不起。

大學註完冊，我就沒有再見過我的家人，直到要結婚的時候。

所以，去找我父母親究竟希望能問到什麼？

只是去讓我父母提早有過年拿紅包的好心情罷了！

畢竟，我離開了，不再有能力讓父母親覺得沒面子或羞愧。

不過，也可能我的父母親會很『積極』的配合警察的辦案。為什麼？當然不是因為痛苦於女兒被人殘忍殺害，當然不會是為了要追求正義。

新聞不是都那麼報導的嗎？被害者家屬可以向加害者要求賠償。當然啦！在媒體跟閱聽大眾面前，塑造自己『疼愛小孩的好父母親』的好形象，可能還有機會上一些談話節目、綜藝節目，然後有機會成為某些社團法人的代言人，甚至自己設立個什麼被害者家屬聯盟之類的。賺了名又能口袋滿滿。

我很好奇，在我父母親的心中，我究竟值多少錢。

3

上了車，偵查佐打了方向盤，油門一催，車子上路。

「小隊長，我們現在要去哪裡？」

「先去死者張伊婷登記的戶籍地址，等偵查隊的同仁將張伊婷的其他身份資料調出來。」小隊長傳著訊息，要同仁協助查詢張伊婷的身份資料。

「張伊婷，張伊婷，」偵查佐嘴上一直重複著死者的名字，「這個名字總覺得好熟。」

「菜市場名吧！女生常被取名為什麼『婷』的，她的年紀又跟你差不多，應該是你有不少同學就叫做什麼什麼婷的，所以你才覺得很耳熟。」

「大概，但我還是覺得我應該知道她是誰才是。」

偵查佐一臉苦悶，除了花心思看路開車，也分神想著『張伊婷』這三個字如此熟悉的原因是什麼。

「專心開車。」小隊長左眼看著路，右眼看著手機搜尋資料。

「查到了。」小隊長舉起手機，點開傳來的照片，放大。

戶籍地址在臺北市中山區，父母親的戶籍地是在臺北市的內湖區。張伊婷結過婚，丈夫名叫呂修文，現年二十九歲，家裡經營食品的進出口貿易公司。兩人生有一女，名叫呂紹琴。出生六個月之後就因為腸胃道感染而夭折。孩子死亡之後沒多久，兩個人就離婚了。呂修文的住址位在臺北市中山區。

「先去張伊婷的父母親家，再去她現在的住處。」

小隊長說了個地址。

「為什麼？」

「一方面是順路，二方面是張伊婷的資料顯示她現在沒有工作。一個離婚又沒有工作的婦女，會回頭尋求原生家庭的支持的可能性很高。而人一般不會把自己的私事透露鄰居與關係普通的友人知道。因此，先去父母親那邊，也更能夠瞭解死者這個人。」

「小隊長，這，不會有例外嗎？」偵查佐打了方向燈，「現在不是很多父母親根本不知道自己的孩子在外頭的交友關係，甚至連孩子闖了什麼禍都等警察上門了才知道的嗎？」

「即便是這樣漠不關心彼此的家庭，也是能夠協助承辦人員瞭解案件關係人，瞭解他或她的交友選擇、影響他或她做決定的因素有哪些，甚至協助瞭解這個人可能會受什麼樣子的人影響。」

「那，這位被害人的父母親，在書面資料上是怎麼樣子的人？」

「媽媽是國中老師，已經退休了；爸爸是營造業的工程人員，也是退休了。」

「聽起來應該是很穩定的家庭。」

「張伊婷有個哥哥，呵！目前是教學醫院的主治醫師。」

「哇！」

「別哇了。前面要左轉，然後就可以找地方停了。」

眼前的不是什麼高級住宅，是國宅。

依照地址，張伊婷的父母親應該是住在中庭一樓的某一戶。

穿過圓拱狀的裝飾門，走進庭園，一樓的家家戶戶門口都有一個小花圃，有些人種樹，有的種桂花，有的人選擇種蘆薈，有的則是栽種香料植物。

一名手持三爪耙子、頭戴棉布遮陽帽的婦人，在某個花圃中整理雜草。小隊長看了看門牌，是張伊婷的父母親－張柏榕、林秀娟夫婦的住處。

「請問是林秀娟女士嗎？」小隊長開口打招呼。

「欸是！」婦人抬起頭，也伸手用手背將帽緣上推。

「張伊婷的母親嗎？」

「對。」沒有情緒的聲音，彷彿只是在回應一個不必多做解釋的事實。

「請問張小姐她住在這裡嗎？」

「沒有。」林秀娟打量著眼前的兩個人，「你們是？」

「警察。」偵查佐開心地回應。
「警察找我女兒有什麼事情？」
林秀娟的語調明顯地多了很多戒心。
「張太太，我們可以坐下來談。」小隊長瞪了小菜鳥一眼。
好不容易成為夢寐以求的刑警確實是值得開心的事情，但是興奮的告訴案件關係人自己是名警察，可就不見得有助於案件的偵辦，很多時候反而礙事。
就像現在。
「警察找我女兒有什麼事情？」林秀娟又再重複了一次問題。
「請問妳最後一次看到你女兒是在什麼時候？」
「她結婚的時候。」林秀娟脫下麻布手套，「伊婷她犯了什麼法嗎？為什麼你們警察要找她？」
「妳最後一次跟您女兒聯絡，是在什麼時候？」
「她離婚的時候。伊婷她怎麼了嗎？」
「妳這幾天有接到任何她的消息嗎？」
沒有。伊婷她上了大學之後就不怎麼跟家裡聯絡了。警察先生，」林秀娟臉上堆滿著緊張，「拜託請告訴我，我的女兒，伊婷，她是怎麼了？你們為什麼在找她？」
「妳先生或是妳的兒子呢？有人有跟張伊婷聯絡嗎？」
「都沒有，伊婷跟他爸爸不親，我兒子醫院工作很忙，而且伊婷只有家裡的電話。警官先生，拜託告訴我，我女兒怎麼了？拜託，拜託？」

「張媽媽，家裡有其他家人嗎？」

「沒有，我先生跟同事去爬山了。我女兒到底怎麼了？」林秀娟急得像熱鍋上的螞蟻，伸出雙手緊握著小隊長的手，上下搖晃著。

「張太太，我們在松山區發現一名死者，死者身旁遺留的皮包中有妳女兒的證件。」

林秀娟臉上的表情完全凝結，嘴巴張得大大的，奮力地吸著氣卻彷彿吸不到任何空氣，接著，兩行淚沿著臉頰滑落。

「雖然現場留有張伊婷的證件，但是屍體的狀況並不好，我們沒有辦法將死者與證件上的照片做比對。因此，我們目前迫切需要找到張伊婷小姐。」

小隊長這番話，並不是試圖給被害者家屬一絲希望，是真的在陳述一個事實。由於現場留有證件，因此初步將死者認定為張伊婷。但是，身分證上的髮型、髮色與死者並不相符，死者的臉部因為日曬雨淋加上死後變化，確實也難以跟照片進行比對。

只見林秀娟緊抓著小隊長的手，吃力地站起來，搖搖晃晃蹣跚地走進屋內。大約五分鐘的時間，林秀娟走了出來，臉色更加蒼白，手上拿著一張便條紙、一個透明小玻璃瓶。

「張太太？」小隊長上前欲扶著林秀娟。

「這是她的手機號碼，至少、至少、至少一年以前她是用這支號碼。」

小隊長接過便條紙，順手拿給偵查佐。

「這是她的牙，上大學前去拔的智齒。」林秀娟凝視著玻璃罐，「那是最後一次我女兒跟我一起……她的結婚，也就只是通知一聲……」

「張太太，」小隊長扶著林秀娟坐在花圃邊，「有些事情我目前必須問，請問您現在能夠回答嗎？」

林秀娟慢慢地點頭。

「張伊婷跟家人並不親，是嗎？」

大學就離家，之後就沒有回家，要結婚也只是給一個通知，離婚了也只是一通電話。這如果不叫「不親」那該做何解釋？

林秀娟慢慢地搖了頭，又點了頭。

「警察先生，我不是壞媽媽，我真的不是壞媽媽，但是我……我是國中老師，我教理化。每天一早出門，又排班帶晚自習。我先生的公司那時候承包市區的道路維修工程，工作時間都排在週末跟晚上。所以，伊婷對於我們沒有辦法用跟別人的父母一樣的方式陪伴她，很有心結。加上哥哥很接受他下課之後就到我辦公桌休息、寫作業這樣的安排，結果讓伊婷覺得我們偏心，重視工作、疼哥哥勝過於愛她。」

「所以，她上大學之後就不跟家人聯絡了？」

「對……不是，其實，其實，伊婷進了國中之後就跟家人幾乎沒了互動。為了瞭解她的狀況，我還特別請學校讓我帶她的班，因為連她有哪些朋友、她現在迷哪些明星什麼的，她在家裡連一句也沒有提。」林秀娟把臉埋進手掌中，「我也沒有特別關照她的課業，我也請其他老師千萬務必不可提及伊婷是我女兒，結果伊婷還是認為我是在監視她、干涉她的生活……我只是想知道她同學有誰、她的朋友是誰、她現在喜歡什麼、迷什麼、她現在喜歡吃什麼……」

「只是想知道她喜歡吃什麼！」偵查佐驚呼。

在偵查佐的生活經驗裡面，老媽是連他胡椒喜歡加幾顆都摸得一清二楚的。有時候自己心血來潮多加了一點、多夾了一點，還會被他老媽笑。怎麼會有人連自己的孩子的口味喜好都不瞭解？

「伊婷從來不吃我買的或我做的東西。我做的便當，她要不就是原封不動地帶回來，要不就乾脆都不帶。所以，我只好每天給她餐費讓她自己去吃。」

「所以，張太太，妳也不知道妳女兒現在的交友關係，也不知道她現在的生活作息？」

林秀娟五官全擠在一塊，只能用點頭來回答小隊長的提問。

「那麼，她的前夫－呂修文，您瞭解多少？」

「是伊婷系上的學長，家裡經營公司。就這麼多。」林秀娟深呼吸，試圖平緩自己的情緒。

「兩人交往多久才決定結婚？」

「我不知道，伊婷就回來說她懷孕了，所以要結婚，就這樣。」林秀娟答得相當無奈，「你們可能得要去問伊婷的同學了。」

「那麼，她們離婚的原因，張伊婷有跟妳提過嗎？」

林秀娟無言地搖頭。

「是不是跟她告知妳們說她要結婚一樣，就是告知妳們她離婚了？」

林秀娟閉上了眼，痛苦地點頭。

小隊長緊握著林秀娟的手，與偵查佐兩人安靜地陪著林秀娟。

「張太太，」小隊長拍拍林秀娟握拳的手背，「需要我們幫妳聯絡妳丈夫或妳兒子嗎？」

林秀娟睜開眼，搖搖頭。

「那麼，我們就不打擾了。如果有其他後續進展，我們會盡快跟妳們聯絡。」

「警察先生，你還沒告訴我我女兒怎麼死的。」

「這個……」

「張太太，」偵查佐搶在小隊長之前，「目前只知道在一名無法辨識身分的死者身旁有妳女兒的證件，其他的都還不清楚。」

「警察先生，如果那是我女兒，如果那真的是我女兒……」林秀娟話梗在喉嚨說不出口。

「我們會詳查她是遇到了什麼事情。」小隊長緊握著那個裝有智齒的玻璃瓶，「當能領回、安葬的時候，我會陪著妳們家屬到辦完手續。」

向悲傷的母親告辭，兩人離開了國宅社區。

「學得很快。」小隊長拍拍偵查佐的肩。

「所以，小隊長，我們接下來去哪裡？」偵查佐偷偷拭去眼角的淚。

「去找呂修文，至少他是那一個有與死者有密切相處過的人。」小隊長說，「但是先繞回去局裡，我先把這顆牙齒交給鑑識科。」

「不是應該給法醫嗎？」偵查佐問。

「還是有採證跟登記程序需要走。所以，先交給鑑識科，記錄牙齒的狀況，跟張伊婷當時拔牙時的牙醫紀錄、X光進行比對，確定這顆牙真的是那顆牙。之後才去做身分比對。」小隊長嘆了口氣，「雖然我們都知道，最快、最準確辨識的方式，是直接將死者與張先生、張太太進行基因比對。」

「但是，還是先跟這顆牙齒比，如果比到了，再請他們夫婦來比對也比較……」

「沒錯。」

4

我母親滿口謊言。

不是都在教導說『不要說死人壞話』嗎？結果看看，我那個叫做『老師』的母親，是多麼樣子沒教養。被她教的學生，是多麼地可憐。

不過，我已經死了，我沒辦法為自己辯護，我說的話那些警察也聽不見。

那個叫做胸口的地方，有一個奇怪的朦朧的感覺，有一點……痛。

我好難過。

警察現在要去找修文哥。

修文哥，唉，我真的好想念他。

記得第一次見到修文哥，是在大學聯合家聚的時候。

他不是我的直屬學長，但是從家聚活動的一開始，修文哥就很照顧我。

我們系上不是沒有女生，但是，修文哥說，不知道為什麼，他們那一個學號連著好幾屆都沒有女生；這一組小家中，女生也是少數。所以，難得有「學妹」出現，必然要好好招待。

一聽說我是自己在外租屋，修文哥就說未來只要有安全上的考量、只要我有需要，他可以送我回家。畢竟系上有些實作課程得上到晚上才結束，深夜一個年輕女子獨自走在街頭，總是會有些安全上的顧慮。能有人結伴同行，總是比較好。

修文哥個子很高，皮膚黝黑，肌肉緊實，是學校排球隊的隊員。有這麼樣的一個人在身邊，確實讓人感到很安心。加上我從小到大，都沒有人像修文哥這樣照顧我，連嘴巴說說的也沒有。因此，開學以後，就時常麻煩修文哥載我回家。

接著，學校的女生就開始嫉妒我，四處八卦說我的不是。

還有人拿我接外拍的照片去修圖，修成那種下流不檢點的照片。

其實，這些行為都讓修文哥很困擾。

我跟修文哥真的沒有什麼，不過就是同一個系的前後屆，不過就是剛好租在同一條路前後門牌的鄰居。整個大學期間，我其實是有男朋友，但是我們倆人讀的科系不同，加上我的實習課程很多，所以相聚的時間也不多。修文哥也有個女朋友，只是她人在臺北，他們是遠距戀愛。

其實，修文哥待我，就真的像是哥哥在照顧妹妹，修文哥就像是我實際上有、實質上卻不曾有過的哥哥一般。修文哥看顧我的安全、照顧我的三餐、幫我解決我遇到的感情問題。這些不就是『哥哥』的份內工作嗎？

是直到我畢業之前，我男朋友家暴我又跟我分手，修文哥心疼我、照顧我，之後我們才在一起的。

然後我就懷孕了。

我的公婆瞧不起我，認為我是不乾不淨的女孩，認為我是行為不檢點的女孩，認為我就是貪圖他們家財產的女生。

我當然知道我沒有照顧好自己的身體是我的錯。可是，懷上了就懷上了，難不成要我親手殺掉我自己的孩子嗎？她／他是多麼地無辜的啊！她／他這小生命是因為她／他的父親跟母親恩愛的結果，是帶著愛而出現的生命，但是我的公婆卻毫不尊重生命的可貴。一開始還認為拿五十萬打發我跟我肚子裡的小生命就夠了。

修文哥的媽媽一知道我懷孕，第二天就拿著一大疊鈔票來，說我別幻想能母憑子貴，仗著懷著他們家的孩子而堂皇過他們家家門。伯母說，已經有人在幫忙介紹配得上修文的女孩，要我不要擋路，不要妨害了修文的幸福。

伯母說，肚子裡的孩子要拿掉還是要留隨便我，反正她總共最多就是給我五十萬，錢我拿走，孩子跟他們家就無關，她也不會來爭監護權，她也不會為這個孩子再多付出一毛錢。

但是，修文哥真的不是媽寶，真的是有擔當的男人，我真的沒有看錯眼，修文哥真的真心想照顧我。修文哥跟他父親說，如果不讓我們兩個結婚，他就不幫忙經營家裡的公司。

修文哥家裡開的是有機食品跟營養品的進出口貿易公司。在伯父的規畫安排下，修文的哥哥－呂修武，是讀企管的，而修文哥是被安排讀生物技術。如果修文哥不進家裡的公司工作，只靠著修武大哥，這間貿易公司是很難有創新發展，也很難開拓新市場的。

當然，修文哥也知道，他在家裡的公司是經理的位置，而且公司的營利就是家裡的收入；他如果離開家到外頭去找工作，不會找不到工作，只不過會位階卑微、得鞠躬哈腰、工作時數很長，而一個月不過也只有三五萬元的收入。

即便知道生活會過得非常得辛苦，修文哥還是決定要跟我跟孩子共組家庭一起生活。

最後，伯父伯母終於點頭成了我的公婆。

但是，他們瞧不起我，他們認為我是骯髒的女孩。

嫁進去之後，家裡有個大嫂，還有個小姑，所以我是全家輩份最低，所以即便挺著肚子，醫師更強調我需要多臥床休息，我還是得要負責全家的家務工作。去市場採買，回家打掃，煮飯洗衣。雖然大嫂是個全職的家庭主婦，但是她的兩個孩子還沒到能進幼稚園的年紀，單單照顧孩子就耗時又耗神。因此，家務大部分就落在我的肩頭上。打掃家裡的時候還得注意活潑好動的兩個小朋友，避免他們衝過來撞到我的肚子。

肚子越來越大，身體也越來越不舒服。但是，婆婆、小姑跟大嫂一點也沒有體諒我的意思，我需要負擔的家務還是一樣多。

當時，我為了要讓孩子能有不一樣的未來，不必一輩子看爺爺奶奶的臉色生活，不必過得好像是跟爺爺奶奶求施捨的小可憐，我開始經營網拍。畢竟我接過外拍模特兒的工作，展場小模的工作也做得不錯，小有名氣；藉著這個名氣轉經營網路團購事業，工作時間有彈性，也能有一點收入，對孩子的未來也不無幫助。

所以，藉著大學時的學科專業，我開始接觸韓國、日本等等無毒的美妝產品，並且藉著我過去的名氣，還有我現在是孕婦，介紹「連孕婦都可以用」的美妝美容產品給網友。透過幫網友團購，我可以賺取一點點的利潤。

但是，婆婆總認為，我這樣子的『兼差』是在跟自家的公司打對臺。所以，婆婆一直很反對我經營自己的『事業』。她認為，媳婦該做的工作，就是把他們家上下老少全部都打理得舒舒服服就是了。

等到孩子生了，發現是個女孩，婆婆對我就更冷淡了。

啊！我好像忘了什麼……

人死了，記憶力竟然變得這麼不好。

大哥大嫂生了兩個小孩，但是兩個都是女孩。當我懷孕時，超音波照出來，看起來很像是個男生。由於伯父伯母一直很希望能有個孫子，所以當知道我可能懷的是男孩，也是讓伯父伯母同意修文哥跟我結婚的重要原因。

所以，當孩子誕生，確知是個女孩之後，公公婆婆就更不理我、不跟我打招呼，也幾乎沒有進來看過孩子。

哀！我可憐的女兒。

5

「請問呂修文先生在嗎？」小隊長對著對講機問道。

「請問哪裡找？」出現了應答的女聲。

「我們是警察，有關於呂先生前妻的事情需要向他詢問。」

「張伊婷？她又怎麼了？」女聲聽起來非常地不悅跟不耐煩。

「能不能讓我們上去了之後再談？」小隊長問。

『啪喀』，大門開了。

進門搭著電梯上到三樓，整個樓層只有一扇門。門是開著的，一個身穿藍灰色居家服、綁著低馬尾、略上粉底、畫有眼線、乾淨俐落的女性站在門口。

「你們是警察？」女子問。

「是。」兩人出示服務證。

「我小叔剛好載我公婆出門，要一陣子之後才會回來。」女子依舊站在門邊，沒有邀請兩人入內的意思，「張伊婷又控訴我們家什麼事情了？」

「噢！不是這樣子的。」小隊長搖搖手，「張小姐跟我們手上的某件案件有相關，但是我們目前聯絡不到張小姐，從現有的資料我們能找到與張小姐關係最近的人士就是呂先生，所以才過來的。」

「跟某個案件相關？她幹嘛了？網路詐騙？」女子露出譏諷的表情。

「偵查不公開，因此不方便透露。但是，小姐妳應該知道張小姐不少事情才是。」

「不少事情？誰跟你說的？」女子回應。

「畢竟曾經住在同一個屋簷下，加上你提到了網路詐騙，」小隊長停頓了一會兒，「那個網路詐騙是怎麼一回事？」

「她開網路團購，美妝美髮用品。結果，收了貨款卻沒有辦法出貨，被整個團購團的人寫存證信函，幾乎就要上法院了。」

「我們這裡並沒有看到相關的紀錄。」小隊長說。

「當然沒有，因為我小叔拿了一筆錢還給那些買家。然後，他們就離婚了。」女子側了身，請小隊長跟偵查佐入屋內，「當然啦，這個團購事件是讓他們離婚的最後一根稻草。」

「當然，除了這件事情，我相信關於那件事情，對你們家的影響應該非常地大。」小隊長刻意含糊用詞。

一進門就是個將近十坪大的客廳，L型的沙發，空間寬敞，而且窗明几淨。

「影響當然很大，」女子關上門，引導著兩位客人到客廳，「我都被你們偵訊過好多次，偵訊得我都快瘋了。」

「我們？」偵查佐指著自己的鼻子，一臉疑惑。

「我是指警方、檢察官。」女子嘆了一口氣，「每個都說什麼相信父母親不會無緣無故傷害虐待自己的孩子，所以孩子身上的傷必然是同住一個屋簷下的家人造成的。那女人又指證歷歷，說我嫉妒、我自私、我就是想辦法要排擠他們一家，加上我又是家庭主婦，長時間在家。檢察官當然就認為我是虐待孩子的人。」

「妳有嗎？」

「有什麼？」

「虐待張伊婷的孩子。」

「我縱然對張伊婷再有意見，孩子都是無辜的，不應該捲入大人之間的紛爭。所以，我幹嘛要虐待紹琴。況且那個時候，紹琴也只三個月大，成天跟她媽媽兩個人關在房間裡面，我哪有什麼機會捏、打那個孩子。」

女子露出『不會連你們也認為吧！』的憤怒表情。

「請問你跟張伊婷兩人之間的關係是？」偵查佐問。

「我呂修武的太太，我是張伊婷的大嫂。」

「請問妳貴姓？怎麼稱呼？」

「陳，陳姿燁。」

「陳小姐，請問妳跟張伊婷兩人之間，有什麼不愉快嗎？」

「沒有什麼不愉快的啊，只不過她懷孕然後結婚、進了這個家之後，根本把我當成了傭人。」陳姿燁搖頭，「我自己生過兩個孩子，我知道懷孕的過程本來就很不舒服，所以一開始是讓著她幫著她。大嫂嘛，家裡的事情總是得多擔待一點。」

「之後呢？」

「之後？嫌湯太燙、水不夠涼、飯太硬、肉太鹹、蛋的味道太淡，我煮給全家吃全家都沒人有意見，就是不合她的胃口。不合胃口沒關係，要吃什麼就她自己去張羅就是了，臨時想吃什麼就要我小叔去買就是了。結果，沒想到她竟然開菜單跟我點菜，還曾經開了一張一週七日三餐加宵夜，除了寫明了每餐要吃什麼內容，還註明我得幾點幾分端給她吃。我是家庭主婦，但我可不是她的廚娘。」

「聽說很多媽媽在懷孕的時候都很難搞。」偵查佐笑笑著說，試圖緩和情緒。

「我都生過兩個了，孕婦並不難搞，人先難搞了懷孕之後才更難搞。孕期就算了，她生了之後問題更糟。說月子期間不能碰水，所以要我幫她洗孩子的衣服，這我還可以『接受』。但月子做完了，她孩子的衣服還是叫我洗，而且還要我一定得用手洗。她自己成天待在房間內上網搞團購，她說她是在工作，所以沒時間打理家務，叫我洗。」陳姿燁翻了個白眼，「還真當我是她的傭人，她是少奶奶啊？」

「然後她就指控妳虐待孩子？」

「對，孩子三個月大時，身上開始會出現瘀青。張大小姐就跟公婆說，我在家看不慣她一直臥床休養、不打掃家務，所以藉著幫忙照顧小孩的機會，捏、擰、打紹琴。」

「妳對她的這些說詞，應該非常地生氣吧？」小隊長試探著問。

「生氣是生氣，後來她也跟我小叔離婚、離開了這個家，我也就不想再去想這些事情了。」陳姿燁簡單做個了結，「直到你們剛才按了門鈴。」

「所以，從她離婚到今天，妳都沒有見過她，也沒有聽過她的任何消息?也沒有跟她聯絡過？」偵查佐問。

「不能說『沒有聽過她的任何消息』，她在網路上自己的臉書粉絲團上，動不動就貼文控訴我們家過去是多麼地欺負她。」陳姿燁苦笑，「她的追蹤者還滿多的，狂熱粉絲也不少，所以有一陣子我跟我老公的臉書常常被莫名的人貼文罵。」

「臉書粉絲團？」

「是啊！聽說她大學的時候是小有名氣的外拍小模跟展場小姐，之後才經營團購的。」

偵查佐瞪大了眼睛，一臉恍然大悟的表情。

「看來這位警察先生認得她是誰。那關於張伊婷對這些事情的『說詞』，你們就自己去看她的臉書吧！在她的臉書上，『隱私』根本就不存在。在她的世界裡面，所有的別人的事情都是可以公開的。」陳姿燁如釋重負的模樣，接著問，「張伊婷又幹了什麼事情了？」

「我想，這個可能得先跟呂修文先生談過之後才方便透露。」小隊長露出為難的表情，「偵查不公開。」

「那就偵查不公開吧！只要跟我們家扯不上關係就好。」陳姿燁忿忿地說。

「陳小姐，冒昧請問，」偵查佐一臉尷尬卻又滿心好奇，「妳不是嫁進來的嗎？怎麼……」

「怎麼沒像大部分的媳婦一樣嫌棄挑剔夫家，反而家庭主婦還當得樂在其中？」陳姿燁把話接完。

「對。」偵查佐搔了搔後腦袋瓜。

「我們家跟呂家是世交，我跟修武是青梅竹馬，我真的先是給呂爸呂媽收為乾女兒，然後才被修武拐走的。」陳姿燁聳聳肩，「所以這裡真的是我的一個家。」

「那還真幸運。」小隊長追問，「陳小姐，在呂修文結婚之前，妳跟張伊婷認識嗎？」

「本人，沒有；從別人口中倒是聽到很多。」陳姿燁盯著天花板上的燈一陣子。

「別人大概說過些什麼？」偵查佐問。

「很漂亮，其實她也真的長得很漂亮。」難得一個讚美詞。

「還有其他的？」

「很多人追，但是很黏修文。大概就是這樣。」

「她跟呂修文怎麼認識的？」

「修文說是系上的學長學妹關係，然後她自己黏上來的。」陳姿燁回想著，「後來大概是修文想省一點麻煩少一點事情吧，所以就跟她交往了。」

「省麻煩？」

「嗯。那時候修文有偷偷問我，是不是讓別人知道自己交有女朋友之後，女生們就不會繼續發花癡地纏著他。然後隔了一段時間，修文就……」陳姿燁嘆了一口氣，「那時候呂媽還在想著要幫修文介紹女朋友，四處安排飯局。」

「那麼，妳公婆對於張伊婷有什麼看法？」

「一開始很喜歡，就像我說的，張伊婷長得真的很漂亮。呂爸呂媽又很喜歡小孩子，所以一聽到她已經懷孕，根本就是樂上了天。加上修文第一次帶她回家時，張伊婷乖乖的、對呂爸呂媽噓寒問暖。」陳姿燁嗤了一聲，「誰知道嫁進來之後完全不是那個樣子。呂媽當時曾跟我說，只要小孩平安健康就好，張伊婷就隨她去。結果，沒想到後來孩子也……」

此時，屋子深處傳來孩子的哭聲。

「對不起，我去看一下。」話說完，陳姿燁就往房間走去。

趁著陳姿燁人不在客廳，小隊長開始在網路上搜尋關於「呂小妹妹」、「虐童」、「妯娌不合」等的關鍵字組合。

剛才聽陳姿燁所述，虐童事件的偵查最後不了了之，本來認為網路上並不會有太多的資料，一切得等回到分局後，才能從內部網路查到相關檔案。沒想到網路上相關的新聞還真不少。

搜尋結果按照時間排序，小隊長決定先讀最早的一筆資料。標題寫著：【外拍小模網路控訴婚姻不幸福　妯娌不和傷及幼女安全】。至於新聞的內容，通篇都是以引號為句子的開頭與結尾，引號與引號之間則用意義虛無的介係詞作為連結。

小隊長接著開始隨意點選相關的搜尋結果。無論點選到哪一個條目，內容大概都是一樣的結構：標題或首段會有「網路名人」或是「外拍小模」、「外拍正妹」等等的「網路控訴」跟「網路爆料」；接續的內容，也是以引號為句子的開頭與結尾，引號與引號之間則用意義虛無的介係詞作為連結。

其中有一筆資料，附上了這位「名人」、「小模」、「正妹」的臉書連結。小隊長順手點了進去，連結上一個臉書粉絲團。封面相片是個身穿比基尼泳裝、大露事業線、眼神朦朧、表情曖昧、頭髮刻意被風吹散的年輕女性。而大頭貼的照片，則是女子的自拍照。封面跟大頭貼上的女子，雖然髮色、髮型跟衣著有所不同，但可以知道是同一個人。封面上的女子五官，與張伊婷的證件上的照片明顯是同一個人。而大頭貼的自拍照中，女子的髮色與死者相符，手中拿著的皮包也與現場找到的皮包是同款同色。

「小隊長，我找到了張伊婷的臉書粉絲團頁面了。看來死者應該就是張伊婷。」偵查佐低聲地說。

「那你本來認為還有什麼可能？」小隊長問。

「故布疑陣。」

「哪一種類型的故布疑陣？」小隊長再問。

「兇手是張伊婷，但是她將證件遺留在現場，以拖延偵查時間。兇手是張伊婷，她因為某個緣故需要別人的身分，所以行兇然後頂替，並且讓國家認為死者是她，然後她以死者的真實身分繼續活著。」偵查佐邊掰手指頭邊數邊說。

「還有？」

「還有？」

「過去比較少出現，不過最近越來越多了。」小隊長說明，「張伊婷欠債躲了起來，債主找不到人，所以利用將張伊婷的證件放在一具屍體旁邊，引來警方的偵查，以得到張伊婷的躲藏地點。」

「但是，小隊長，既然有這麼多的可能性，你為什麼一開始就以認定死者就是證件持有者的方式在問話？」

「拜影集之賜，現在整個社會都知道，ＤＮＡ的鑑定可以準確斷定一具無名屍的身分。如果這個案件是屬於要冒名頂替的，留著可以被鑑定的屍首是個下下策，所以這個案子是冒名頂替的可能性極低。如果是要利用警方來找欠債躲藏的張伊婷，那麼，將會在現場留下一張張伊婷的身分證，或偽造為張伊婷的身分證的證件，畢竟在個資法的規範之下，如果沒有正當的理由，警方是不得隨意調閱個人的身分資料的。所以，利用一具屍體以及虛偽證件，就可以促使警方開始調查他們要找的人的下落。」

「喔！」

「即便債權人有能力取得證件，或著有高超的能力偽造以假亂真的證件，但是，為了討債而殺害一個人，或是為了討債所以將一個已死的人改變裝扮，似乎不怎麼符合比例原則。」

「然後就是法醫現場勘驗的結果，死者是死於利刃穿刺，當地是第一現場。」偵查佐思考得額頭都皺到快抽筋了。

「當然，很多的小細節讓我判斷死者就是證件持有人。那些就是長年的辦案經驗。」

「是！我會多看多學。」偵查佐將手機遞給小隊長，「這是張伊婷的粉絲團專頁。正如陳姿燁所說，張伊婷真的把生活中的大大小小事情，只要是她想發表的，她就發表在粉絲團上。連她個人的臉書專頁，除了設定公開，而且貼文內容更直接。說不定……說不定誰跟她有冤仇，就可以從文章中得知一二。」

「所以，在調監視器畫面之前，你可以先仔細閱讀她所有的貼文。」小隊長收起自己的手機，「很可能她連她最後一天的活動行程都有詳實地記錄，這樣子你需要調閱的畫面就可以少很多，也不必等到法院同意調閱通聯紀錄。」

陳姿燁此時剛好拿著手機回到客廳。

「我小叔已經在回來的路上，請再等個幾分鐘。要不要喝點什麼？水？果汁？」

「小孩子還好嗎？」小隊長問。

「還好。」陳姿燁臉上閃著母愛的光芒。

「大的還小的？幾歲？」

「小的，兩歲多。正處於很有個人意見的階段。」

「兩歲多？」小隊長皺著眉頭，「睡午覺嗎？」

「本來中午吃過了之後就該睡的，結果鬧脾氣不睡。等到我小叔要開車送公婆出去，要順便載小孩坐車玩時，她愛睏到不行，想跟又沒精神跟，然後就跟自己生氣。警察先生，有小孩嗎？」

「沒有，不過我幫忙帶過親戚的小孩，」小隊長呵呵笑，「兩歲這個年紀，就是番到不行，什麼都要自己來，卻還沒有能力自己來，然後……」

「然後就自己跟自己生氣，接著就是哭得讓大人拿她沒辦法。」

「媽媽寶寶網站上不是都叫家長說，就放孩子哭，哭累了就會睡了，不然小孩自己也會放棄然後就不鬧了？」

「噗！看來年輕的警察先生你沒帶過小孩。」陳姿燁難得地笑了出來，「很少有父母親捨得看孩子那樣子哭的，即便覺得那樣的哭哭得很可愛，或是覺得小孩太煩鬧想要讓孩子自己哭到放棄，只要父母親看到小孩哭得臉色脹紅、一口氣哭得太長，就必然會心疼然後抱過來哄。我自己還沒見過幾個長輩捨得讓小孩子一哭哭超過兩分鐘而沒有動作的。只有……」

「只有？」

「我大概只見過一個，就是張伊婷。六個月以下的孩子如果哭，不是餓了就是尿布濕了，不然就是身體不舒服，總得都確認過了，察覺孩子只是想撒嬌想要人抱，才有可能放著讓孩子哭。但是張伊婷，連去確認一下都沒有，就這樣放著孩子哭。好幾次我受不了了進去看，發覺尿布要不就是濕到尿都滲到床上了，要不就是餓到喝超過她年紀需要的奶量。」

「難怪妳對於她控訴妳虐待她的孩子，那麼地憤恨不平。」小隊長追問，「不過，有可能是當時大人手邊正忙事情，沒辦法即時顧慮到孩子的需要。不一定是忽略孩子……」

「她在上網。一則一則地回應她的粉絲團貼文，不然就是上國外的購物網買東西。」陳姿燁兩手一攤，「不是我想刺探，而是她是用筆電，而且螢幕就大剌剌地對著門口，任何想進去看孩子情況的人，一開門就知道她在幹什麼。」

「張伊婷不是有在經營團購，所以她應該是在工作吧？」偵查佐試著解釋著。

畢竟，外拍小模——小YT，曾經是偵查佐每天追蹤其動態的「部落格網路正妹」，是偵查佐那充滿活力的青春期的清純回憶。

「團購是她在小孩開始全身出現瘀青，還有便便有血之後才開始經營的。然後，她就以她工作很忙為理由，不帶孩子去看病，又不准我們帶紹琴去醫院。」陳姿燁難過地說，「連到了最後，孩子病得又吐又拉，被我們逼了，她才帶去給巷子口的耳鼻喉科診所看。然後……」

此時大門外傳來一陣小孩清脆的說話聲，接著是鑰匙開門的聲音。門鎖才剛剛旋開，『媽媽～媽媽～』的呼喊聲就衝了進來。

「大嫂，妳說警察在家裡……」

「馬麻～馬麻～妳看！叔叔給我買了布丁，還有養樂多，然後還有……」

「說要找伊婷……」

「叔叔也有買要給妹妹的果汁，然後阿嬤說她晚上會去買烤鴨……」

「妳有跟他們說從離婚之後伊婷就沒跟家裡聯絡了……」

「然後會幫我們買很多很多醬醬很多很多餅餅……」

「警察有說為什麼要找伊婷嗎？」

「所以馬麻晚上不用煮飯，可是我想要吃甜甜小米米。」

「甜甜小米米麻麻已經煮好了，但是要吃完晚飯才能吃。」

陳姿燁從桌上拿起小孩用的、纖維細緻的毛巾，幫眼前這個活潑好動又渾身是汗的小孩擦汗。接著抱起了小孩，準備把小孩帶進房間裡面。

「修文，來問張伊婷的就是這兩位。」陳姿燁轉頭對警察說，「我帶小孩進去，不打擾你們了。」

看起來，陳姿燁已經非常習慣這種，同時間、一堆人、各自講各自的事情；也看來陳姿燁一向處理得很好，因此家人之間這種對話方式也表達得很自然。

「兩位，我是呂修文。」呂修文伸手，小隊長跟偵查佐握了握，「請問你們找伊婷有什麼事情嗎？我跟她已經離婚了，她現在不住這裡。」

6

大嫂還是那個樣子，一副好像什麼事情都在她的掌握中，但其實她根本任何事情都無法掌握。

我真不知道修文那個沒規沒矩的大姪女兒將來要怎麼辦。講話向來不看場合，聲音一向不會控制，永遠都是那麼大聲、尖聲地吧啦吧啦吧啦。公公常說，這孩子上輩子應該是啞巴，所以這輩子就要說個夠。

說到我女兒，我還真想她。

小小的臉蛋、白皙的皮膚、圓嘟嘟的小拳頭。每次都覺得那個小拳頭跟小饅頭一樣，應該是又綿又細。

五官長得很像我，很漂亮，可惜連腳都像我一樣的不夠長。如果紹琴的腳能夠跟修文哥一樣長的話，將來她一定也是個大美女。可惜，紹琴不可能有修文哥那樣的身材。

我很疼愛我那個可愛的女兒，所以可以想像，當我發現大嫂在虐待紹琴的時候，我有多麼地震驚。

第一次看到我女兒身上有瘀青，那是在她剛滿三個月的時候。

那天，我需要到銀行去申請網路銀行作業，難得一次把孩子交給大嫂帶。

我一直覺得大嫂理家真的很辛苦。其實，她就是我一向渴望能擁有的母親的樣子，一天二十四小時全都給了家人。大嫂還有兩個小孩要照顧，所以當我必須出門辦事而不得不將琴琴留在家裡給大嫂時，我的心中實在很過意不去。

當我回家抱起琴琴時，看到她小小小的手臂上、白白的肚子上，竟然出現了好多個瘀青時，我只把懷疑暗暗放在心裡。我願意相信是修文的兩個姪女太想跟女兒玩，動作又不夠輕，所以才讓琴琴全身都有瘀青。

但是，幾天之後的某個晚上，因為公婆家的公司有應酬，就留我們妯娌兩人跟小孩在家。我洗澡出來時正好撞見大嫂抱著紹琴。

大嫂說，紹琴哭得厲害，她進來看看，發現是尿布濕了。對著浴室叫我我也沒回應，所以她就順手幫紹琴換了尿布。

這時我就真的覺得很奇怪了。我今天沒有洗頭，門也沒有關死，大嫂說韶琴有哭、大嫂說她有叫我，我為什麼什麼都沒聽到？

然後，就看到紹琴好不容易白回來的肚子，又冒了一堆瘀青。這次不只肚子，連手臂、大腿，背部，都有。

接下來的狀況就越來越多了！每次只要紹琴單獨跟大嫂在一起，一兩分鐘也好，紹琴身上就出現瘀青，連手指頭、腳趾頭都會有瘀青。每次只要餵給紹琴喝的是大嫂幫忙泡的牛奶，紹琴的便便就會帶血。

我真的真的很真心地相信，一切都是巧合！其實是紹琴生病了。當我正打算跟修文提要找好的小兒科醫師時，我就剛好意外聽到大嫂跟她朋友的電話。

大嫂在跟她的朋友抱怨，抱怨說她照顧家裡照顧得很累，房子很大、家事很多、小孩很小，公婆又很挑剔她，大哥卻總是要她多忍讓一點。現在家裡多了我跟紹琴，加上我生產之後身體很虛弱，做不了太多的家事，所以她的負擔很大，她快要受不了了。

我這時才恍然大悟，原來大嫂，大嫂她是故意的，她是故意找機會傷害紹琴的。她其實非常不滿意我們母女，卻都隱忍忍著不發作。

我一開始也不敢把這件事情告訴修文，畢竟修文說過，大嫂就如同他的姊姊，是跟家人一樣親的。我不想讓修文為難，所以我忍著不說，所以我就更花心思帶紹琴，盡所能地分秒不讓紹琴落單。

直到修文看到了紹琴手指甲、圓嘟嘟的小手背上的瘀青。

所以，我只好把我發現的、看到的、聽到的，如實跟修文說。

因為我不知道該怎麼辦，我不知道如何跟大嫂溝通；我沒有家人，大嫂對修文而言像是家裡的大姊。以前在讀書時，遇到了事情還可以跟修文商量。但是現在，我連說話的人都沒有了，更別說有能夠商量、給建議的人。所以，我只好貼上網，問問網友對於妯娌之間溝通方式的建議。

我根本沒想到事情會鬧那麼大，我根本沒料到派出所真的派人來關心，然後還把大嫂帶去警局問話。

再接下來，修文家上上下下的所有人，就又更看不起我了。

我在那個家根本待不下去。

不對！是我跟紹琴，我們母女兩人，在那個家根本待不下去。

所以，我要努力，努力把紹琴帶在身邊，帶離開那個不安全的地方。

7

呂修文，身高超過一百八，長相俊秀，體格健美。只要他願意，隨便擺個好像很帥氣的姿勢拍照放上網路，必然會引起年輕女網友的追蹤跟瘋狂，一定會被新聞報導、冠上個「陽光小鮮肉」或是「小鮮肉運動員」的封號。

呂修文身上也沒有「富二代」的嬌氣或貴氣，感覺上比較像銀行櫃檯行員，是那般的親切有禮貌。

「其實也沒有什麼事情，只是張伊婷的名字出現在一個案件中，我們只是跟著線索在追查而已。」小隊長說。

「是跟團購詐騙有關的案子嗎？是又有人被騙了？我記得我去年已經盡可能地找到所有的被害者，也把錢退給他們了。」

「退？所以你也經營……」

「沒有，我沒有參與經營；但當時伊婷是我的太太，她的事情也就是我的事情。」呂修文解釋。

「剛才你說，在離婚之後就沒有見過張小姐，那請問你跟她還有聯絡嗎？」偵查佐回想著剛才那一段進門二重奏。

「沒有。」呂修文搖搖頭，「所以我真的不知道她現在在哪裡，我只有她的手機號碼，但是也不知道離婚之後她是否換過門號。」

「沒有透過其他的通訊軟體聯絡嗎？」

現在的人，用通訊軟體傳送訊息，多過講電話或直接見面。網路空間的發達，也讓人際之間不用透過言語交談，就可以經由網路畫面「閱讀」別人的近況。

「沒有。上個月女兒的祭日之前，我曾有多方傳訊息問她要不要一起上去看看女兒，但是她沒有讀也沒有回。我也看不到她的臉書頁面，她大概把我封鎖了。」

呂修文拿出手機，點出跟張伊婷的對話框給小隊長，以證實他所言不假。

「你知道她現在住在哪裡嗎？」

「離婚的時候她說她要搬回家。但是，你們會這麼問，大概也是因為伊婷根本沒有回家住。」

偵查佐點點頭。

「呂先生，接下來我們可能必須問一些會讓你感到不悅或不舒服的問題，請見諒。」小隊長誠懇地說。

「沒辦法，」呂修文表情無奈，「我是她的前夫，人們總會認為我應該知道點什麼。」

「她有任何的敵人或是仇人，或是任何讓她害怕所以她需要躲避的人嗎？」

「印象中沒有。」呂修文搖頭，「當然，在她的工作領域中，總會有其他的部落客或是展場模特兒或是外拍模特兒對她有些意見。但是，她目前好像沒有回到這些外拍或展場的工作。」

「你不是說你沒有跟她聯絡？那怎麼知道她現在沒有接模特兒的工作？」偵查佐問。

「前一陣子去電腦展，遇到幾個她的朋友，跟她們聊了一下。她們知道孩子走了，知道我們離婚了，但是她們也都沒跟她聯絡的管道，所以問我知不知道她現在過得如何。」呂修文回想著當時的對話，「不過，當場有某個人說，伊婷最近另外開了一個臉書，在做韓國直送，有在接業配文的案子。好像叫做『小Y美妝』還是『小Y的美麗小屋』之類的。不過，我臉書一樣也搜尋不到這個用戶或粉專。」

「那麼過去的生活的？前男友？前前男友？以前的粉絲？」偵查佐問。

「是有個男的，大學的時候，常常在伊婷身邊，但我不確定他們有沒有交往過。當時，伊婷曾經跟我說她很怕那個男生，所以希望我能接送她回家。」

「有名字嗎？」

「這個倒是有一點點印象，不過我不記得是他姓王還是黃還是華，但是名字叫做思漢，是東南亞那邊的華僑，不知道是第三代還是第四代了。而且前一陣子我還有看到他，我去松山區的一間異國料理餐廳的時候，看到他在廚房裡面忙。」呂修文形容了餐廳的位置。

不知道是巧合或不是巧合，屍體發現的位置，就剛好在餐廳跟附近的捷運站的中間。

依照地緣來判斷，這位，不知道姓黃還是姓王還是姓華還是姓花的思漢先生，得好好留意留意。

「你見過他？」

「對。當時伊婷要我幫她注意他，所以我認得他，」呂修文接著強調，「不過只有長相而已。」

「長什麼樣子？能形容一下嗎？」

「呼……男的，跟伊婷同年紀，比我矮，皮膚黑黑的，」呂修文吃力地擠著形容詞，「喔！頭髮！他現在理著小平頭。」

整個臺北市大概有五十萬名男性都符合這個形容。

「還有嗎？痣？刺青？耳環？」

現在開始有男生會戴耳環，只是覺得帥氣或是想展現個性。

「他……他……頭髮好像有染，喔！想起來了，在他左邊的頭髮剃有一些圖樣，就像那些足球員或籃球員會做的那樣，在這個位置。」呂修文比畫著自己左耳斜上方。

這確實是在調閱監視器畫面時，非常容易協助辨識身分的特徵。

「這位王或是黃的先生，伊婷有說過為什麼會怕他嗎？」

「伊婷說對方一直跟蹤著她，而且在各個重要節日都會送花、送禮物給她。但是，她對這個人沒有任何意思，也表達了拒絕。不過，對方好像沒辦法接受。」

跟蹤狂，又與命案第一現場有地緣關係。

「那麼，再請問，你是什麼時候跟張小姐交往的？剛才聽你大嫂說，你在讀書期間似乎沒有交女朋友。」小隊長問。

「這，說來，尷尬……」呂修文一臉尷尬，「我們沒有交往。我只是剛好跟伊婷房子租在同一排公寓，然後在她的拜託之下幫她擋一下奇奇怪怪的男性。然後就是，她是我系上的學妹，後來也是系上排球隊的經理。」

「如果沒有交往，那麼為什麼？」小隊長隱諱地指著自己的左手無名指。

「不小心有了。」呂修文更是尷尬，「有天晚上她來找我，說她房間好像有人進去過，不知道有沒有被放了什麼或是被拿走了什麼，她很害怕。所以，我就讓她住了下來。」

「然後就……」

「對，看她哭得厲害，我上前安慰她，然後就……大概過了一個月，她就跑來說她有了。」

「所以，你們就結婚了？」

「對。畢業都畢業了，我本來也就有意要接家裡的公司，所以經濟上不會有問題；加上爸媽一聽到又有孫可以抱了，當然什麼也沒說就同意了。」

「又有孫可以抱？」

「我爸媽其實不介意男生女生，我反而覺得我爸媽是把兒子當女兒、把女兒看作兒子。」呂修文補充說明，「現在我家公司裡面，最有接班衝動、也是我爸媽最放心把公司交託的人，是我妹──即便她現在還在讀書。」

「那麼，想再請問，關於小孩疑似受虐的事情。能稍微說明一下嗎？」

「可以。孩子大概兩個月大之後，身上就會莫名出現一些小瘀青。本來一直認為是小孩皮膚嫩，撞到或是衣服紮太緊所以弄傷了。到了三個月大的時候，開始便血。伊婷有帶孩子去兒科診所看，診所說孩子沒有健康的疑慮，可能是吃錯東西而已。」

「都便血了還沒有送去醫院檢查嗎？」

「一開始的時候沒有，」呂修文搖頭，「伊婷拿出一堆網路文章，說小孩在長大的時候本來就容易有一些狀況，看起來嚴重，其實是正常的。但是──」

「但是？」

「但是，家裡又不是沒有過小朋友，我也覺得不正常，所以就帶著一起去了醫院。醫院檢查了以後說便血可能是吃了會讓身體不健康的東西導致的，身上的瘀青像是外力造成的。」

「然後，張伊婷就開始認定家裡有人刻意在傷害小孩？」

「對。她自己打了一一三專線報警。」

「警方介入之後，情況有好轉嗎？」

「沒有。奶粉也換了品牌，尿布也換了廠牌，但是紹琴的健康狀況卻越來越糟糕，全身都出現一塊一塊的青紫色，肚子也越脹越大。那個時候，警方來訪得很勤快，也一直約談我們家人。我爸媽認為要找個有經驗的醫院好好檢查一下，搞清楚孩子到底是生病了還是真的被傷害。但那時伊婷已經很不放心將孩子交給家裡的任何人，或是有家裡的任何人陪同一起出去。所以，都是伊婷自己帶孩子就醫，連我都不允許陪，因為伊婷認為我一定會偏袒我的家人。」

「而醫院的檢查結果同樣都是說還，孩子是吃了不該吃的？然後身上的傷是來自於外力？」

「是。」

如果是這麼嚴重的『虐嬰』事件，醫院理當會呈報才是，但是在張伊婷的資料中，沒有任何與『虐嬰』相關紀錄。看來等等得請婦幼那邊查看看有沒有相關的資料或通報。

「之後呢？孩子就因此過世了？」

「不是，有一兩週小孩的情況還不錯。然後就開始吐奶跟腹瀉。一開始伊婷也是送診所，診所說應該是感冒造成的。」呂修文眨著眼，「然後狀況就越來越糟，等到送進急診時，醫師說她被細菌感染，已經腹瀉到腸出血，直接進了加護病房。兩天之後紹琴就去當天使了。」

「沒有解剖？」

「沒有。我爸媽捨不得，我也捨不得。」呂修文抹去眼角的淚，「至於虐待紹琴的這個指控，警方約談了我們很多次，也送驗了孩子的用品，什麼都沒有找到。所以也就沒有……」

「沒有繼續追查了。」

「警察先生，你們找伊婷，問我這些，是為了什麼？應該跟網路團購詐騙等等的事情沒關係吧？」
「嗯，這個恐怕不方便透露。」偵查佐委婉地拒絕說明。
「最後請問，你最近有去松山區嗎？」
「就只有剛才我說的聚餐。」
「那是什麼時候的事情？」
「兩個星期前。」
張伊婷的死亡時間約是在三天前，所以行兇的應該不是呂修文。
「那你的家人們呢？過去一週有去過松山區嗎？」
「沒有，」呂修文回答得很肯定，「我們上週全家去南部旅遊，昨天才回來。」
「好的。謝謝你的配合。」小隊長站了起來，「那我們就不打擾了。」
「警察先生，我不是沒見過世面的人，你會問我跟我們家人有沒有去過什麼地方，」呂修文下定決心一定要問到答案，「張伊婷是發生了什麼事情了嗎？」
「這個……」
「我們今天早上在松山區的一處工地，發現一具女性屍體，旁邊留有張伊婷的身分證件。」
呂修文靜默，直直地看著小隊長。
「雖然伊婷帶個給我們家很多的傷害，」呂修文哽咽地說，「但是自從離婚之後，我們就真的沒有跟伊婷有任何聯絡，我們家的人也沒有到過你們說的那個地方。我們，我們不會，我的家人不會……」

「我們很抱歉你必須承受這樣的情況。」

小隊長大力地握著呂修文的手。

8

黃思漢，好久沒聽到這個名字了。

現在我想起他來了。

個子不高，長得不好看，還是個華僑，所以講話有口音。

我很不喜歡他。

但是，他很好用，也很願意為我付出。

一開始是在學校的網路上認識的。當我把我的部落格鏈結傳給他之後，他就開始常常出現在我身邊。

如果我需要什麼，開個口，思漢就會去幫我弄過來。再大的困難他也會盡量想法子克服。如果我想喝奶茶，他就會騎車到我想要喝的那家店幫我買回來；如果我半夜想要去逛夜市，他就會騎車過來帶我去逛夜市；我原文書看不懂，他就帶去幫我整個翻譯成為中文。

雖然講話有口音、很不會說話，但是其實他的中英文能力很好。反正我是要看書又不是要聽他說書，能翻成中文給我就夠了。

我當然知道思漢為什麼願意這麼殷勤地幫我做這麼多事情，因為他想要我當他的女朋友。

所以，只要我偶爾牽牽他的手，偶爾給他一個飛吻，坐車的時候抱著他，讓思漢覺得我對他有些意思，這樣就很夠了。

其實，思漢很紳士，他對我從來都沒有踰矩的要求。

其實，我很不喜歡他。但是，他人很好用，我說什麼他就做什麼。

好吧！我之前說了謊。其實，我一開始就非常喜歡修文哥，但是修文哥的仰慕者太多了，我覺得自己根本沒有機會。所以我覺得，只要修文哥能繼續當我的『哥哥』，這樣就夠了。

我也很擔心會不會是我對我自己沒有信心，我也想過或許、其實修文哥也喜歡我，只是沒有表現得很明顯。為了要知道修文哥對我的心意，所以……

所以，我要思漢跟我交往。我要思漢當我的男朋友。

當然，這只是一個手段。我只是想要知道，當修文哥聽到我交了男朋友之後，是沒有任何反應——這就表示修文哥也只當我是個妹妹；或是修文哥會很難過——這就表示我跟修文哥是有機會的。

可惜，修文哥一直沒有什麼明顯的情緒表現。

但是，原本就很好用的思漢，成了男朋友之後對我更是百依百順、百般照顧。

所以，其實也沒有什麼差別了。

直到後來——

某天，我的電腦忘了關，一篇有密碼鎖定的部落格文章就被思漢看到了。

那篇文章其實是我寫給我自己的「紀念文」。我把我對修文哥的所有感情、所有仰慕、所有喜歡，還有所有關於兩個人的未來的想像，統統都寫進了文章。

因為我前一天聽到球隊的學姐說，修文哥的媽媽在幫他安排相親，修文哥一拿到碩士學位，就要回家結婚、接家裡的工作。

我當時真的非常地難過，真的。

本來以為能當妹妹，但那時才知道原來修文哥已經有個妹妹。我這個外人，我只能繼續當修文哥的學妹，看著修文哥照顧自己的親妹妹，看著修文哥去照顧他被家裡安排的太太。

所以，我寫了個紀念文，想要好好封藏這段青澀、苦澀的美好回憶。

結果，思漢看到了。

他先把我桌上所有的東西都摔到地上，接著打了我好幾巴掌，然後把我壓在牆壁，對我大聲咆哮。

我好害怕，我好害怕他會殺了我。

我記起來了那種害怕的感覺，跟我在死之前在巷子中的感覺一模一樣，連觸感好像都一樣。

所以？

所以，殺了我的人是思漢嗎？

他，他應該沒有那個能耐吧？他應該捨不得殺我才是！

好好回想，想想當時思漢看到文章，憤怒、責罵我、跟我吵架之後，他做了什麼事情。

仔細想……

啊！對！那件事情之後沒多久，思漢捧著一大把玫瑰，還有一條我喜歡了很久很久卻捨不得買的玫瑰金項鍊。

所以，對！所以之後我們就和好了。

現在想起來了，那天晚上的思漢，真的好勇猛好厲害。我那個時候才知道他的好。

也是，畢竟修文哥也要結婚了，我也沒有機會了。既然思漢那麼地疼我、照顧我，他在我身邊其實感覺還不錯。

不過，這其實也只是一個假象，是思漢偽裝出來的假象。因為在那之後幾天，我總覺得思漢不知道在我房間找什麼、放什麼，我覺得我好像被監視著、被跟蹤著。

然後我很害怕，真的很害怕。害怕得不敢睡覺，然後生理期都遲到了。

生理期的準時對我而言是非常重要的事情！畢竟我不希望接了外拍的時候，小紅剛好來找我，那樣的我沒有辦法拍出好的照片，那樣的我是不尊重我的粉絲的。只有不專業的模特兒才會放任這種事情發生。

可是，壓力真的很可怕，恐懼真的很嚇人。

那天晚上下課回到家，發現雖然我家的門鎖得很完整很穩妥，我刻意黏貼安放的膠帶也還貼在它原來的位置，但是房間裡面就是非常的怪。比如說，浴巾掛的位置好像跟我出門前不一樣，我的內衣褲櫃子好像也有被翻動。

我好害怕！如果有人能這樣子無聲無息地進到我房間來翻動，那麼我晚上睡覺的時候，對方會不會進來對我做什麼？

那時已經夜深了，叫不到鎖匠來幫我換鎖，房東也不可能緊急來幫我加鎖。如果要增加房間的安全，一切也就只能等天亮。

那我晚上該怎麼辦？我第二天還有期末報告要發表。
我想到了修文哥，就住在隔壁棟的修文哥。
然後，我就哭著去找修文哥，因為我好害怕。

9

「小隊長，那我們現在去哪裡？」偵查佐坐進駕駛座，發動了車，「是去張伊婷的戶籍所在地查訪鄰居嗎？」
「我先打個電話回隊上，要他們查一下呂修文所說的那位僑生。」
話還沒說完，小隊長的手機就響了。來電的是鑑識人員。
「你打電話回去，要他們查一下那位僑生。我接這個電話。」小隊長按下免持聽筒鍵。

＊

「查到甚麼了嗎？」
「員警在距離陳屍位置五十公尺處，找到了一把沾有血、沒有刀柄的蔬果刀刀刃，刀刃的長寬符合法醫初步的判斷，而刀刃上的血液血型與死者相符合。」
「牙齒收到了嗎？」
「收到了，現在正在比對屍體、刀刃上的血跟牙齒這三份樣本。」
「結果什麼時候出來？」

「還要兩個小時。」

「好。」

「不過，從調來的牙醫X光片結果判斷，死者應該是張伊婷沒有錯。缺牙的位置符合，一些牙齒補丁的位置也相符合。」

「還有？」

「目前就這樣。我只是覺得這些資訊應該盡快讓你知道。」

「謝謝。另外，請資訊那邊的同仁幫忙調查一下死者的臉書上的貼文跟訊息，目前得知張伊婷是什麼事情都會往網路上貼的人。」

＊

小隊長掛了電話，轉頭看著正低頭滑著手機的偵查佐。

「要你打電話，怎麼在滑手機？」

「外事單位已經把所有年紀介於二十到三十，名叫思漢的，來臺讀書華僑的資料，都拍給我了。」

「這麼快！」小隊長非常的驚訝。

「也沒有啦！」忽然被稱讚，讓偵查佐覺得非常的不好意思，「我有個好朋友剛好在那個單位，剛才聽到呂修文提到這個『僑生』之後，我就傳訊息請朋友先幫我查一查這號人物了。加上呂修文又說這位華僑現在在臺北的餐廳工作，所以找起來其實不難。」

「找到了？」
「有，叫黃思漢，現年二十六歲。有餐廳地址。」偵查佐大聲唱出查到的訊息，「然後……等等……我在航警局的同事說，他似乎訂了明天早上飛往馬來西亞的機票。」
「我不知道現在航警能這麼快就查到飛航旅客的資料。」
「就，他的女朋友是地勤……」偵查佐嘟嘟噥噥語焉不詳的。
「我當然知道絕對動用了一些『關係』。」小隊長說，「雖然動用一些關係能夠快速得到資訊，但是必要的程序跟公文，也必須盡速補齊。前輩們向來是靠各種人際關係在辦案，但是這種方法在現在，很容易變成案件偵辦中不可被接受的大瑕疵。所以，晚上你要記得補足所有的文件手續，知道嗎？」
「是！不過小隊長，我覺得很奇怪，為什麼警察工作到現在是文書工作的份量多於實際勤務的執行？」偵查佐打了方向盤。
「文書工作是為了讓所有的過程都有完整的紀錄，確保警方在執行業務的時候並沒有逾越國家給予的權力跟權限，沒有濫權，也沒有侵害到人民的權利。」小隊長嘆了口氣，「但也不可否認，最近的文書工作量確實越來越多。長官喜歡看績效，而最能夠呈現績效結果的，就是一堆數據以及越疊越高的文件資料。」
「我們現在去哪裡？」
「去找黃思漢。無論你朋友找到的那位訂機票的『黃思漢』是不是我們的黃思漢，既然他有離境的可能，我們就應該盡快找到他。」

10

我還記得黃思漢聽到我懷了修文的孩子、也準備要跟修文結婚時的表情。他非常的失落，非常的難過。

但是，思漢並沒有發怒，沒有生氣，也沒有摔東西。

終於回到一開始我認得的思漢了。

思漢他就默默地握著我的手，跟我說了一聲恭喜，接著要我自己保重自己，最後他說他會離開我的身邊，不會來打擾我。但是，他說，但是如果我有任何的需要，我都可以跟他聯絡。

我聽到他的祝福，我哭了！

我怎麼能讓他知道，是因為我懷疑他在我房間動了手腳，所以我才去修文哥的房間過夜；我怎麼能讓他知道，修文哥在那個晚上，沒有得到我的完全同意，就跟我發生了關係。

我跟思漢說，他的祝福我會放在心中，永遠珍藏，永遠保存，永遠珍惜。

我也要思漢一定要去尋找屬於他的幸福，所以我絕對不會再聯絡他。但是，我會保存好他的聯絡方式。

但是，我食言了。

跟修文結了婚之後，公婆把我關在家裡面，我唯一的對外溝通管道就是網路，我沒有朋友，沒有人能夠聽我訴苦。

孩子生了之後照顧孩子的壓力很大，加上開始看到紹琴身上的瘀青，我更是慌亂。

我需要有人能聊天，我需要有人能跟我商量。
雖然網路上有很多『很熱心的朋友』，但是他們畢竟是外人，我沒有辦法信賴他們。
看著小孩身上的瘀青，我還是跟思漢聯絡了。
開了視訊看到他的第一秒，我哭了。
其實，那是高興的淚水，不是難過。我很高興他還遵守著他的誓言，只要我要找他，我隨時都可以找他。
思漢看到我哭，他驚慌失措。
我告訴他我沒有事，我只是很高興看到他。然後我們就像過去一樣地聊天，談論彼此的生活、工作，還有對未來人生的安排。
但是，不可避免的，他還是問到了我的婚姻生活。
所以，我又哭了。
我忍不住把我在公婆家受到的所有委屈統統都告訴思漢。
黃思漢建議我，一定要帶孩子去驗傷，一定要把孩子帶離開那個家。
但是，我告訴思漢，診所跟醫院的醫生都只說孩子是消化不良、吃錯東西。沒有任何證據可以證明家裡真的有人虐待紹琴。
所以，思漢建議我自己打家暴專線，自己報警，交由警察來調查。
思漢跟我保證，如果警方也查不出個所以然來，他會毅然決然地帶著我們母女兩人逃離開那個黑暗暴力的家。

他願意為我做任何事情，這個我知道。他現在還願意為我做任何我要他做的事情，這個堅定的心意我感受到了。

之後，正如我所想的，警方怎麼樣都查不到孩子受虐的證據，也沒辦法鎖定虐待紹琴的人是誰。可是，看著孩子越來越脆弱，身上的傷越來越多，我慌了。

那天晚上，我六神無主地跑去找了黃思漢，跟黃思漢當面訴說我的恐懼，跟黃思漢訴說身為母親的我的無能為力。

黃思漢就靜靜地聽著，然後進去他的廚房，拿出了一包不知道什麼東西。

接著，思漢帶我去旁邊的藥局買小孩的奶粉。思漢很認真地問我還有哪個廠牌的奶粉我還沒有換到，思漢就買了有開罐優惠、又沒有買過的廠牌的奶粉。

送我回到我家樓下後，思漢當我的面，把他從廚房中拿出來的粉末倒進奶粉罐裡面。

我問思漢，那粉末，是什麼。

思漢說那只是鹽巴跟味精。對小孩而言沒有傷害，但是會造成身體的不舒服。

我哭著跟思漢說我沒有要對小孩下毒。

思漢拍拍我的肩膀，安慰我，跟我說我不必把這個奶餵給孩子喝。我只要帶上去，放在廚房一個晚上。明天當著所有家人的面用這罐奶粉泡瓶奶，然後帶進房間裡面假裝餵孩子。

我說，然後呢？

他說，然後我就帶著孩子跟奶粉到醫院，這樣就有證據了。

我大叫，我說這是在造假！

思漢說，造假也還要一兩個月才能查出來。但是，這個造假可以讓我帶著孩子離開那個家。在這一兩個月的期間內，他會想辦法如何帶著我們母女離開臺灣。

我吻了他！

他真的真心照顧著我，真的是什麼都願意為我做。

連違法的事情他都願意。

我再度給了他一個又長、又熱、又深刻的吻。

讓他知道，我對他有多麼地感激。

11

黃思漢的住處，就在餐廳的地下室。

小隊長跟偵查佐兩人來到餐廳的門口。

現在明明應該是餐廳的營業時間，但是鐵門卻是拉下來的。網路上頭的評論標誌著這是一家平均四顆星的好餐廳，但是餐廳的鐵門上卻貼著大大的「頂讓」二字。

小隊長帶著偵查佐先將房子周圍繞了一遍，確定整間餐廳除了大門沒有任何其他出入口。

「小隊長，依照你的判斷，黃思漢這樣做是不是有逃跑的跡象？」

偵查佐指著門上的『頂讓』。

「有可能，」小隊長說，「但也有可能他只是不想經營了、只是想回家了，而不幸的是時間點剛好選得很糟糕。」

「學長，你是擔心他有可能從其他地方逃跑嗎？」偵查佐跟在小隊長的後面。

「要記得，案件在偵辦的過程中，要將所有的關係人都視為犯罪嫌疑人，這樣才能提高自己的警覺心，為任何的可能性做到最好的準備。」小隊長踢了踢某個地下室窗戶外的防盜鐵窗，「以免當真正的犯人在眼前，而他評估他現在必須逃跑時，自己卻會因為警覺心降低了而受傷。」

「可是，像這種凶殺案，又不是什麼毒、盜集團份子，他們應該做不出什麼嚴重的傷害吧？」

「毒、盜份子，有可能持有槍械或持有火器，所以殺傷力不容小覷。但是，」小隊長強調，「這些犯罪份子，對於進出監獄已經相當的習慣，雖然會拒捕，但大多不會做出玉石俱焚的行動。但是一般人就不同了。」

「為什麼？」

「一般的人的犯罪，大都是衝動型犯罪。他們沒有想到自己有一天會變成犯人，他們更沒有辦法想像監獄裡面的生活會是什麼樣子。所以——」

「所以他們反而會做出更玉石俱焚、自殺式的攻擊？」

「對，拿刀、拿棒就是往死裡打，或著是開瓦斯，又或著是跳樓、跑到馬路上讓車撞，之類的。」

「所以，務必先清楚瞭解環境，才能確保安全。」

「對！」小隊長點頭，「出入口只有一個，現在可以去找黃思漢聊聊了。」

兩人回到大門前。偵查佐用力地拍著餐廳鐵門，「啪啪啪」的聲音響徹整個騎樓。

「黃思漢，黃思漢在嗎？」

偵查佐大喊。

屋子內傳來桌椅碰撞與腳步聲。

大約一分鐘之後，鐵門旁的小門打開了。

出來一個個子不高、皮膚黝黑、理著小平頭、左邊的頭髮剃有花式的男子，而且渾身酒氣，看來應該已經喝了好幾天了。

「你是黃思漢嗎？」

眼球布滿血絲、面容憔悴的男子應了一聲。

「我們是警察？」

「有事嗎？」

「你現在能談話嗎？」

黃思漢搖搖頭，轉身遁入屋子內，順手把門帶上。

偵查佐一個箭步，用腳把門擋住了。

「先別走，我們有事情想要問你。」

「我在自己家喝酒，喝，呃，哦——喝酒，跟警察沒，沒關係。」

「我們不是要來問你喝酒的事情。」小隊長說，「雖然我很好奇你怎麼會喝得這麼醉！」

「人，走了，我自己，喝，你們，要幹嘛？」

「要，」偵查佐靈機一動，「想跟你訂桌，人家說你的菜好吃，我們想訂桌聚餐，但是你們餐廳的電話好像打不通。所以，就直接過來了。」

小隊長給了偵查佐一個讚賞的眼神。

「我不，不做了，沒看到，」黃思漢指著鐵門上的大字，「頂，頂讓。」

「來了才看到。」小隊長出手扶著搖搖晃晃的黃思漢，「做得好好的幹嘛頂讓。」

「我要，回，馬、馬里、馬栗喜芽。」

「回去得那麼突然？」偵查佐追問，「什麼時候決定的？上週四我朋友跟我介紹這間餐廳的時候，他沒說餐廳要結束營業啊。」

「我，窩老闆，我喔自己決定的。」黃思漢甩開小隊長的手，「你們，咩由資格管窩要去哪裡。」

「喝成這個樣子，你是上不了飛機，是回不去馬來西亞的。」小隊長再伸手抓著黃思漢。

「明、民、命天，就醒了。窩不，不喝了。」黃思漢再度甩開小隊長的手，並且伸出右手狠狠推開偵查佐。

黃思漢的右手包著厚厚的紗布，看起來像慌亂之間亂纏的。紗布上滲有暗紅色的血跡。

小隊長從門縫往餐廳內部查看。

桌椅倒的倒，翻的翻，一旁玻璃門冰箱內的啤酒只剩下半層，而地上有一大堆空瓶。在瓶子中間，小隊長看到了一個重要的東西。

一個木色的木質的刀柄，已經裂開了，刀刃已經不見，刀柄上則留了一些暗紅色的印子。
「你們，滾，我，我餐廳，冠、館、關、關了。誰、節紹的，都一，亦樣，我關了。」
「其實是張伊婷小姐介紹的，」小隊長擺出擒拿的預備式。
「是啊，伊婷小姐說，只要說是她介紹的，你就一定會拿出拿手料理。」
「伊……婷……」
黃思漢瞬間像是定了格，身子不再晃動，雙眼無神失焦地盯著前方。
「是啊，是伊婷，怎麼了嗎？」
「她數了。」
「數了？」
「她，她數了。」
黃思漢上半身忽然拉高，接著彎下腰開始嘔吐。
可憐的偵查佐，剛好站在黃思漢面前，後頭又是個臺階，就這麼樣子被嘩啦啦地搞得的一身狼藉。
吐完了的黃思漢，就這麼癱軟昏睡過去。
「學長！！」偵查佐哭喪著臉，「為什麼你只說會有刀、球棒、火器，或是瓦斯桶跟跳樓？」
「因為我也沒遇過這種……噗~你，噗！你別動，我叫支援。」

12

黃思漢的酒量一向不行。

看看，吐成這樣！

不過，思漢怎麼知道我已經死了？

啊對！在我死的那天，我就是來找他的。

我找他為了什麼？

為了工作。對！為了工作。

結婚之後我就沒有再接小模的工作，所以原來培養好的粉絲都轉去追蹤其他的小模了。現在年輕的小模，每個都敢露，每個都在比誰露得多。

我已經不行了。

畢竟我是生過孩子的人，月子也沒有做得很好；之後為了孩子的安全也把自己的身體搞得很糟。

即便我敢露，我的肉體也比不過那些年輕的女生了。

所以，我開始認真經營網路團購。

但是，在照顧紹琴的那段期間，因為紹琴的健康問題，我根本沒有辦法好好經營。所以開始會拖貨、忘了叫貨、忘了退款、忘了匯款。又因為是自己私下帶著孩子去看病，我結婚前又沒有存錢的習慣，所以我用了客戶匯來的錢支付高額的醫藥費。

我的孩子看病做檢查得自費。不然，我怕會留下健保資料，到最後反而保護不了自己，怕我找到的證據反而被修文的家人拿來當我沒有照顧好小孩的證據。

然後，錢用完了，我沒辦法退款給那些購買人。本來也講好了我會分期攤還，誰知道不過是匯款金額少了一些，這些人就聯合起來，開始跟我寫存證信函，說要到法院告我。不想想，我才剛剛死了女兒，為什麼那麼沒有慈悲心。

修文，雖然他幫我付了錢，但是他也把我休了。

當我打算重新振作回頭經營團購時，過去的那些紀錄如影隨形地跟著我。沒有人願意向我購買我代理的商品。

我連房租都快付不出來了。

聽思漢說他的餐廳經營得不錯，我想，他應該會給我一個工作。

所以，我來找思漢。

黃思漢的餐廳真的經營得不錯，我來的時候，餐廳正高朋滿座。

我看他忙不過來，就自動下場幫忙，幫忙收拾桌面，清洗碗盤。等到客人走得差不多的時候，才開始跟他提我的經濟困難。

結果，思漢竟然拒絕了我。

他說，他哥哥的兒子最近身體狀況變得很糟，醫藥費非常龐大，所以他需要盡量增加餐廳的營收，好將錢寄回去家裡支付醫藥費。所以，他真的沒有辦法聘用我。

我說，我不過是要一個月兩萬的薪水，足以支付房租就好，為什麼這樣也不行。

思漢說，兩萬也是錢。

他最小的那個侄子剛好是地中海貧血的重症，雖然家人都知道狀況非常不好，但是還是想要盡力醫治。加上姪女已經進入青春期，醫藥費更是大大增加。所以，兩萬塊錢對他們家而言，真的很重要。

雖然如此，他還是給了我五千元，然後徒步送我去捷運站。

他說他現在養不起車子了，出入都靠大眾運輸工具，也就乾脆直接住在餐廳地下儲藏室，省房租費。

我們邊走，越走我哭得越厲害。

思漢很不能理解，為什麼我無法體恤他們家裡現在的情況。

我很憤怒，在我記憶中的思漢，不應該會有這樣子的言論。

我們，我們是在大學的罕見疾病相扶社團中認識的，我們都是地中海貧血基因的攜帶者，我們都有家人死於這個疾病。

為什麼他認為我不能夠理解他現在承受的痛苦呢？

我都失去了我的女兒、我的骨肉過，為什麼他會認為我不能體諒他哥哥嫂嫂的經歷呢？

我只是希望他能幫我渡過難關，借我一點錢，讓我支付積欠了兩個月的房租。

可是，他不肯。

我痛哭。我說他不是我認得的思漢。

他還是依然指控我不能體諒他家裡的困境。

他說他還是很愛我，但是他已經沒辦法像以前那樣有求必應地的愛我。

我指控著他的負心。

我怒吼著，我的女兒也是地中海貧血的患者，為什麼思漢他不能體諒我的呢？為什麼思漢要一直指控我不知道他的家人所經歷的痛苦呢？

然後——

然後，然後我就不記得了。

我只記得，我開始覺得很冷。

然後天空開始飄雨。

我的衣服濕了。

13

坐在偵訊室裡面，黃思漢看起來比較清醒了一點。

右手手掌的紗布也重新包紮過了。

小隊長坐在黃思漢面前，兩人眼前的桌上放著兩只證物袋，一個是確認為張伊婷命案的凶器，另一袋是在黃思漢的餐廳中找到的刀柄，而刀柄上的血跡也分析證實是張伊婷的血。

「你為什麼殺了張伊婷？」小隊長開門見山地問。

黃思漢茫然地看著眼前的證據。

「意外嗎？」

「她跟窩要錢，沃沒錢給她，她就打窩。所以我……」

「你為什麼會拿著刀子走到離你餐廳那麼遠的地方？」

兩個巷子以外，三更半夜的。為什麼會拿著刀子走到那裡？

「窩要，沃要去磨刀子。沃都在那裡磨刀子，不然會吵到鄰居。」

「所以，你的意思是說，你是正當防衛？」小隊長訊問。

「……對。」

「一個弱女子，跟你借錢，給她就是了。為什麼需要動刀動到暴力呢？」

「因為……」

「你開餐廳，又不是有經濟困難，借出一點錢應該還好。還是她要借很多？」偵查佐問。

「她要握給她工作，沃說我沒辦法；她就跟窩要疑點錢，窩也說沃沒辦法。」黃思漢停頓一下，「我家裡現在需要錢。我真的不能給她。」

「所以，你就殺了她？」

「對。」

黃思漢開始啜泣，接著大哭，卻沒有流出任何一滴淚水。

但是，那個哭泣聲，卻是撕心裂肺、打從痛苦深淵發出的嘶吼。

「等等的筆錄，請詳閱之後簽名。」
小隊長拿起桌上的證物，離開了偵訊室。

14

夜色深沉，路上的車輛隨著時間慢慢減少。
一輛計程車停在路邊，雙黃燈閃著閃。
身穿白色雪紡紗洋裝的張伊婷，從計程車上下來。
站在路邊，面前一間已經開始營業的異國料理餐廳。
張伊婷打開桃紅色的手拿包，拿出一支鮮紅色、蓋子上附著LED燈的唇蜜，熟練地替粉色的雙唇抹上晶亮的豔紅。
手指俐落的梳理頭髮，從耳後抓出幾絲長髮絲，順著額前瀏海的幅度，嬌媚的飄逸在耳前。
等一切都打理就緒後，張伊婷踩著貓步，進到異國料理餐廳中。
站在門前，張伊婷雙眼一瞇，滿臉疑惑，在門口停了幾秒鐘。直到聽到廚房內的吆喝聲，張伊婷深吸一口氣，退去了後悔的表情，戴上了嬌媚的笑容，推開餐廳的門。
張伊婷走到結帳櫃檯前，對著出餐窗口招了招手，接著左手手指輕撫著自己的左耳、頸部。
「思漢，」張伊婷嬌聲的朝著廚房喊著，「現在有沒有空？」
黃思漢右手遞出一盤色香味俱全的打抛牛肉給外場的服務生，左手抓起披在肩上的毛巾的一角，擦去額頭跟脖子上豆大的汗滴。

「現載嗎?每油,曜到十一點打烊——吼喔!」璀璨的笑容掛在黃思漢寫滿疲倦的臉上,
「妳要吃奢麼?我炒給妳,奢麼都可以。」
「你不能出來一下嗎?人家有事情要跟你談。」張伊婷嗲聲地撒嬌著。
「鎂辦法!菜很多。」黃思漢搖搖頭。
「就交給其他廚師嘛!」張伊婷拗著。
「煤油其他廚師了,」黃思漢雙手一攤,指著在外場跑的唯一一個工作人員,「剩下窩了,還有一個服務生。」
「人家不相信!」張伊婷輕輕跺腳,肩膀一晃,嘴一嘟。
「妮可以進來廚房看啊!」
話還沒說完全,黃思漢人就從出餐窗口消失,接著就聽到開冰箱,開火,還有油水碰到炙熱鍋鏟的吡吡聲。
張伊婷追到出餐口前,不悅地嘆一大口氣,再深吸一大口氣。接著,咬牙切齒地,伸出手,手卻停在那看起來油膩膩廚房門前一公分處。
「媽的,這到底是什麼落魄地方,」張伊婷非常的憤怒,低聲自語,「開餐廳,不會開得好一點啊?幹嘛?跟百元熱炒比落魄是不是?」
「妳要吃奢麼?我炒給妳。」
黃思漢的腦袋忽然又出現在出餐口,著實嚇到了張伊婷。
「人家不想吃,人家想找你聊聊嘛!」張伊婷又嗲聲嗲氣的。

「妮可以講大聲一點，窩裡面可以聽得到。不然，」黃思漢轉頭一望，回頭說，「妮也可以進來，陪窩工作，窩一邊炒一邊聽妳說。」

張伊婷一臉快昏厥的模樣。

她萬萬沒想到，才不過一年的光景，黃思漢的餐廳竟然可以落魄到這個模樣。

一年以前，這間餐廳，窗明几淨不說，整個擺設跟布置根本就叫做高檔。有扇機警又柔和的電動門，有音響播放著輕柔的音樂，餐廳內的溫度永遠是舒爽的二十三度。餐桌鋪著潔白的桌巾，餐椅的椅背也套著布巾，餐具是雪白色的瓷器，冷飲是用細緻的玻璃杯，熱飲則是用透光的骨瓷。冷飲櫃中除了豐富的飲料，還有東南亞的啤酒果汁。廚房內少說也有三個廚子，外場也有兩三個－有制服、穿皮鞋－的服務生。

不過才一年，現在，現在……

電動門變成了手動門，高檔音響的輕柔音樂變成了手提音響的廣播電台。冷氣只開在送風，餐廳內不涼也不舒爽。

美耐板的鐵皮餐桌，桌子邊角破了，用透明膠帶貼補；椅子的布巾不見了，椅子腳磨脫漆了，用油性筆補；餐具全部換成塑膠的；冷熱飲杯換成了大部分的廉價餐廳愛用的那種又粗又小又摔不破杯具。冷飲冰箱中的飲品乏善可陳，不是台啤就是台啤。冰箱的玻璃門裂了，也用透明膠帶貼了一層又一層。越靠近廚房處餐口的地方，就越油膩。

外場的服務生，就剩下一個，穿著自己的T-shirt、牛仔褲跟破球鞋。

至於廚房內，黃思漢也說了，就只剩下他一個廚師。

「魯蛇永遠是魯蛇。」張伊婷臉上寫滿著不屑。
「妮不進來嗎？」黃思漢又遞出一盤熱炒。
「人家要你出來陪人家說話嘛！」
要大小姐我進去那油膩膩、熱呼呼的地方，免談。
「豪吧！再等窩十分鐘。」黃思漢指冰箱，「咬賀什麼自己拿喔！」
張伊婷開了冰箱，挑了一瓶實在不夠冰的罐裝啤酒，看準了離冷氣最近的桌，就做了下來。
喝著啤酒，看著黃思漢端出一道道熱騰騰的菜，張伊婷想這自己跟眼前那個男人的一切。
黃思漢，是個踏實的男人，可惜沒什麼抱負，沒有追求榮華富貴的慾望。不然，一個踏實肯做、又願意給自己呼來使去半點怨言也沒有的男人，實在沒什麼好挑剔的。
不過，女人啊～女人是生來被疼的。小的時候讓父母疼，讀書的時候給同學照顧，交往的時候給男友呵護，本來到了結婚的時候，就是要挑能凡是依著自己疼著自己、捨不得讓自己吃苦受寒的人當老公。
雖然黃思漢事事依著自己，但是那沒有追求財富的慾望，卻會讓自己吃苦。
張伊婷伸出食指滑了一下桌面，食指拇指搓了搓。
「如果當時嫁給了你，我豈不是得每天跟這種油煙生活。」
所以，還是家有產業的呂修文哥是好的老公候選人，畢竟結了婚，女人就是進去當少奶奶，茶來伸手飯來張口的。
本來應該也是這樣。哪裡知道那個男人娶的陳姿燁，根本就是讓女人的尊嚴掃地。陳姿燁她只要乖乖地，別在公婆面前說我的壞話，我說她虐待我的孩子她就承認她虐待，反正說聲對不起就沒事了。這樣，大家都能相安無事。今天，我就是被她搞得落魄淪落到連房租都繳不出來。

「妮怎麼哭了？」

黃思漢站在張伊婷身旁，沾上了些許調味醬的手想抹去張伊婷臉上的淚痕。

「沒什麼，」張伊婷趕緊躲開那五味雜陳的手指，「想女兒而已。」

「不要難過啦！」黃思漢笨拙的縮回了手。

『女兒』這招，其實很好用。社會上的人都是這樣，對於『女兒』或『小孩』總是毫無招架之力。如果產品是專門設計給嬰兒的，那一定賣的好；如果產品是設計給媽媽能夠美美的照顧小孩，那就賣得更好。以前在經營團購的時候，只要用上這種『只需要三分鐘！就能讓媽媽可以美美的照顧小孩』，那麼那項產品一定很多人下訂。

特別是當紹琴的地中海貧血症狀越來越嚴重的時候，這種宣傳詞再加上我抱著紹琴的照片，那麼訂單更是像雪片般地飛來。

「想到小小的她，全身黑一塊青一塊，就很難過。」

黃思漢手足無措的站在旁邊，想開口，卻又不知道能說什麼。

「沒關係，」張伊婷優雅的抹去臉上的淚痕，「紹琴她到天上去當小天使，沒有病痛了。」

「是……」黃思漢點頭應著，然後說，「妮是想要寮紹琴嗎？」

「不是，人家是有事情想拜託你的。」

張伊婷汪汪大眼、楚楚可憐樣的看著黃思漢。

「什麼事情？」

黃思漢拉開張伊婷對面的椅子，坐下來，一臉嚴肅慎重地看著張伊婷。

「房東說我欠繳房租跟水電費，房東說要把我趕出來。」

說完，張伊婷一臉期待地等著黃思漢的『英雄救美』壯舉。

然而，不知道為什麼，理當會打開皮夾抓出一大把鈔票拿給張伊婷渡過難關的黃思漢，這回卻是雙手抱胸，背靠椅背，一臉沉重。

「借一點給人家度難關嘛！」張伊婷鼻音嗯著。

「窩…我…地下室還有一間房間，可以給妮住。」黃思漢一臉歉意又慎重的說。

「人家，人家只欠房東一點點錢而已，」張伊婷用食指與拇指之間的距離強調著那個『一點點』，「一定會還你的，借我一點點讓我渡難關嘛！」

「疑點點？」黃思翰皺著眉頭問。

「對！一點點而已，而且人家的團購網最近開始跟成本打平了，很快就可以有收入了。所以，」張伊婷雙手合十，瞇上左眼，「借人家啦！」

「豪吧！妳需要多少？」黃思漢起身走到收銀臺，拿出鑰匙打開抽屜。

「五萬。」

五萬哪裡夠，房租都欠了快四個月了，還有跟上游廠商的欠款，還有自己的生活、美甲美容等等而積欠卡費。

「五萬！」黃思漢大呼一聲，臉色刷白，順手鎖上抽屜櫃，「美版法。這次窩綁不了。」

「為什麼幫不了？」張伊婷大喊。

「窩家裡最近也很需要錢，都匯回去了。」黃思漢搖著頭說明。

「可是人家快要露宿街頭了，你現在這裡一定有一些現金，就先借人家嘛！」張伊婷拗著，「難道你捨得看人家露宿街頭嗎？」

「當然捨不得，梭以才說我地下室還有房間可以給妮駐啊！」

「那就借給人家渡難關啊！」張伊婷有點上火了。

今天的黃思漢怎麼那麼不聽話。

「美版法，哲些錢是救命錢。」黃思漢收起鑰匙，一臉悲傷。

「人家也是要救命的呀！」

「不一樣！不一樣！」

「老闆～二桌加點蝦醬空心菜一盤。」服務生高喊著。

黃思漢彷彿獲救一般，一頭就鑽回了廚房開始忙碌。

被冷落在外頭的張伊婷，越想越覺得不平衡。猛然站起來，也不管廚房的灼熱或油膩，就這麼衝進廚房。

「五萬你不行是不是？那兩萬呢？」張伊婷逼問。

「美版法！」黃思漢左手搖著炒鍋，右手不知道是在揮去額頭的汗，還是擦去雙眼的類。

「為什麼沒辦法？」張伊婷逼急了。畢竟在她記憶中，黃思漢從來沒有這麼違逆她過。

「那是我侄子跟姪女的醫藥費！」黃思漢依然認份的炒著菜，「我震的沒有辦法借給妮！」

「你為了你的侄子姪女，所以你忍心讓我流落街頭。你好狠心！」張伊婷嘴抿成了一直線，「你很需要錢，很好！我就去告訴你那些客人，這家店的老闆是多麼的冷血、多麼的無情，我就讓你賺不到錢。你連眼前的都不救，你去救遠方的幹什麼。」

「伊婷，不要這樣。」

黃思漢也無暇顧慮到空心菜究竟是過生還是焦了，一股腦的就把鍋中的菜趕進了盤子，塞到外場去。慌亂之中，把放在一旁砧板的蔬果料理刀掃到了地上，把刀子中央的刀刃嗑出了疙瘩。

「等等尼結帳，」黃思漢對著外場服務生說，「窩得去磨個刀子。」

轉身，黃思漢一手拿起蔬果料理刀跟磨刀石，一手跩著張伊婷，就往餐廳外頭去。

「黃思翰！你弄痛我了！」張伊婷大喊。

「不要在餐廳裡面說。」黃思漢語氣急切，「窩說了，窩不是不幫妮，是我真的沒版法幫妮。窩這次能幫的就只是能留個房間給妳遮風避雨而已。金錢上窩真的沒版法。」

「所以你的侄子姪女就那麼重要就對了？」張伊婷氣急敗壞，「就是比我重要就對了？」

「妮自己也是帶原者，窩們都知道地中海貧血是澤麼樣的疾病，窩哥哥也知道情況不樂觀，但是他們還是不願意放棄任何的治療。現在妹妹等到骨髓移植的機會，大哥拜託我，窩當然得幫忙湊醫療費，所以窩現在真的沒有辦法借錢給妮啊！」

「哼！所以你兄弟的孩子就比你自己的女兒的媽還要重要就對了。」

「妮，妳說什麼？」

「黃思漢，」張伊婷大喊，「你最好想清楚，你是要幫我，還是去幫那個在醫療資源缺乏處等待移植、又移植成功希望渺茫的姪女。反正你都能害死我女兒了，讓你姪女從痛苦的疾病中解脫，對你而言應該不是一件很難的事情。」

「窩沒有害死妮女兒～我早跟妮書喔過那是鹽巴跟味精，但是不要真的給小孩吃。」

「我說的不是那次！」

「之歐的跟窩沒有關係。」

「有關係，當然有關係。」張伊婷哼了一聲，「你不是建議我要把孩子弄得病得重一點，拉肚子，搞個副食品食物中毒，這樣就有證據證明是家人刻意要傷害孩子，又或可以證明呂家居家環境不好。」

「窩斗沒有叫妮要給孩子吃下去。窩都只叫妮給她吃一點點。然後帶著去檢驗。」

「我是只給她吃一點點，結果她拉到脫水又拉血。這當然是你的問題。」

「為什麼是我的問題？」黃思漢揮舞著刀子。

「妳女兒是地中海貧血患者，給她吃讓她會拉肚子的東西，你應該很知道後果會怎麼樣。」，張伊婷冷漠的說，「我只是不要公婆把孩子帶去做檢查，結果你竟然給我一個會讓小孩死掉的東西。這不算在你頭上，算給誰？」

黃思漢愣住了。

「窩的女兒？」

「不然你以為是修文的女兒？」張伊婷嗤了一聲，「他才沒膽動我，要幹，也都戴保險套。我就是懷了你的孩子然後去逼他奉子成婚。我這輩子受夠了窩囊氣，要我也要當個少奶奶。」

「紹琴是窩的女兒？」黃思漢臉色由白轉紅。

「是。當時我很愛你，真的。所以發現自己懷上了你的孩子時，我還很高興。」張伊婷語氣稍帶無奈，「但是，你實在對人生太沒有抱負，太苟且度日過生活。我不願意我的女兒在不優渥的環境中長大。」

「不優渥的環境中長大？」

「是。女孩生下來就是要給人疼的，要衣食無缺，要打扮得美美的，要能飯來張口茶來伸手。但是這些，你給不了。你看看你現在也還只是個熱炒店等級的飯館的廚師。」張伊婷上下打量了黃思漢。

「所以妮懷著窩的小孩，去……去騙婚？」黃思漢臉色由紅轉紫。

「那不是騙婚，那是為了讓我的孩子能夠有更好的生活。」張伊婷彷彿承擔著重責大任似的說，「我也沒料到紹琴這麼剛好就遺傳到了。」

「所以，妮，設計窩，去給孩子下、毒？」

「修文跟他的父母當時已經察覺孩子的狀況很奇怪，婆婆她打算自己帶孩子去看小兒科醫師。」張伊婷嘆了口氣，「紹琴的症狀那麼明顯，只要是有拿到醫師執照的都知道小孩得了什麼病。一有了診斷，公公一定堅持全家都要做基因篩檢。」

「妮可以認錯離婚，窩會養妮跟養我們的女兒啊！」

黃思漢聲音顫抖著。

「紹琴是重症，活著也是痛苦。」張伊婷無所謂的說，「但是，我還能生，我得為我的孩子們著想，呂家是個能好好養好孩子的家，也是個能讓我好好過日子的地方。」

「所以，妳就決定犧牲我的女兒？」

黃思漢緊握著蔬果料理刀。

「呂家，才是我想要的未來。如果紹琴沒遺傳到你的病，或許她可以在呂家備受疼愛。結果，你太窩囊了，窩囊到孩子竟然帶上你那麼明顯的基因，窩囊到連我的幸福人生也差點葬送在你手中。」張伊婷轉身面對黃思漢，「我需要五萬，如果你沒辦法借我，我就只好去跟警察說是你害死了我女兒。然後再看看修文哥願不願意原諒我，要不要繼續照顧……我……啊……」

如唇蜜般豔紅的鮮血，將潔白的雪紡紗，染上了一片紅。

（第二部終）

【後記】

創作一旦發表，作品就獨立於作者而有了自己的生命。故事是圓是扁、要為情節感動還是憤怒，都交由讀者自行與作品互動。畢竟，每一個人的生活歷練不同，對於一個「故事」的體悟自然會與其他讀者、尤其與作者有肯定存在的差異。作者能做的，叫功課：首先是謹慎選題，選一個地球上可能發生而有意義的課題；然後，合理鋪排蒐集到的資料，確保故事合情合理，邏輯前後一致、沒有相互掌嘴；接著，用心觀察身邊形形色色的人，觀察他們喜惡、行事、價值觀的共同特質，藉以形塑故事腳色行為及其人格特徵，讓角色能與絕大多數的讀者產生共鳴。然後，就是認真寫作，用力敲鍵盤。作者不應該，也沒有資格，去「指導」讀者該如何閱讀、該如何感受。畢竟，即便在作者的謹慎處理之下，作品提供給讀者的，仍然會與讀者的期待有所落差。作者沒有理由給閱讀感受訂標準答案。

推理小說這個題材，在寫作上需要掌握的事項和專業知識，較其他大眾文藝寫作要來得複雜而廣泛。設計一個能吸引讀者閱讀的謎題，就是一個門檻。如何解謎，又是另一種功力。解謎的過程，需要注意邏輯的合理性、時間的一致性，還需要注意角色們面對真相時情緒表達方式是否符合該角色的性格。

當推理小說開始將「專業知識」融入故事之後，如何將專業知識普羅化，包裝成讀者能接受的文字，這對創作者而言是一個挑戰。畢竟，小說並不是科普書籍，更不是教科書。雖說小說有「寓教於樂」的功能，但「教」絕對不是宗旨，「樂」才是讀者的目的。因此不會有任何的讀者，樂意花時間讀一本「教科書」式的小說故事。

因此，為了故事的流暢，也顧慮到讀者的閱讀心情，在將「專業知識」融入小說時，必然有所取捨。尤其陳述的是警方偵辦刑事案件的故事時，更需要濃縮跟取捨，否則不利於閱讀。

就以「人員配置」來說，在現實中，警方是個龐大、複雜的體制，一件案件主導偵辦的偵查隊就包含了一位小隊長與四位偵查佐，外加其他參與案件偵辦的員警，協助走訪查察的行政警察們，以及現在日趨重要鑑識團隊。鑑識又是一個龐大的體制，分析指紋的人員又與分析顆粒證據的人員屬於兩個不同的團隊；分析數據資料的人員也與分析實體物證的人員屬於不同的團隊。

林林總總這些編制和職務事實，如果要「詳實」以告，單單權責、位階、負責業務、個人專業，大概就吃掉了半本篇幅，也製造一大本失焦故事。但如果只守住閱讀樂趣，旁落專業考究，就會出現『員警一人，揪著嫌犯的頭髮，拖進犯罪現場隔壁的廁所，開始偵訊』這種背離辦案法則的情節，或『在犯罪現場的廚房內進行筆錄偵訊作業』，這種違反《警察偵查犯罪手冊》的行為。

因此，要將「專業」放進小說故事中，就必須在「閱讀性」以及「故事性」上，有取捨。所謂取捨，是在專業的基礎上，進行符合邏輯與實況的濃縮。

本書所收錄，第一篇〈我有罪〉，第二篇〈我無罪〉，兩篇是各自獨立的故事，不同的犯罪

情節，不同的手法，不同的反省。將兩篇

各自獨立的故事列為一書，是因兩故事共用一套警方偵辦案件、問案的流程與手法。

警察在處理刑事案件時，偵辦、問案的流程，不會因案件的不同而不同。以社會大眾所熟悉的交通意外事故為例，發生了車禍，警方到場之後，先對車禍現場拍照、丈量，有傷者就送醫院。接著就開始對每一個駕駛人分別進行筆錄，以及測呼氣酒精濃度。無論是大車撞大車、大車撞小車、小車撞小車、高檔車撞腳踏車，處理流程都是一樣的。

日復一日重複著相同的流程，警察都有可能感到枯燥；讀者如果在同樣一本書中不斷重複讀到相同的「敘述」，恐怕就更覺乏味。因此，在第二篇〈我無罪〉之中，就不再重複第一篇〈我有罪〉中敘述過的偵辦流程。

第二篇〈我無罪〉中，讀者會發現，官方的調查人員們，只有職稱，沒有姓名、沒有暱稱。因為無論是哪個法醫，誰是小隊長，在偵辦案件時，流程只有一套，不會因人而異。讓刑事案件產生「案件特殊性」的，是犯罪人與犯罪被害人。因此，在故事之中，被害者以及犯罪嫌疑人們，都有姓有名也都賦予不同的人格特質。

北市警局警務正、彰市警局巡官，還有超級正妹丫鴨法醫，在繁忙公務中仍願意耘出時間給予專業建議，由衷的感謝。遠在加州、樂意擔任第一讀者的凱西虎，從讀者的角度給的意見，我受惠良多。

謝謝秀威出版社願意給我這個機會，也感謝封面設計的美編人員給這本作品一張討人喜愛的臉。當然，更是謝謝編輯喬齊安先生積極促成本書的出版。

感謝打從出生就駐紮在我家陽台的壁虎，看著你尾巴的新生讓我感到心情愉悅！

要推理26　PG1677

要有光 FIAT LUX　**我有罪．我無罪**

作　　者	知　言
責任編輯	喬齊安
圖文排版	周妤靜
封面設計	王嵩賀

出版策劃	要有光
製作發行	秀威資訊科技股份有限公司 114 台北市內湖區瑞光路76巷65號1樓 電話：+886-2-2796-3638　傳真：+886-2-2796-1377 服務信箱：service@showwe.com.tw http://www.showwe.com.tw
郵政劃撥	19563868　戶名：秀威資訊科技股份有限公司
展售門市	國家書店【松江門市】 104 台北市中山區松江路209號1樓 電話：+886-2-2518-0207　傳真：+886-2-2518-0778
網路訂購	秀威網路書店：http://www.bodbooks.com.tw 國家網路書店：http://www.govbooks.com.tw
法律顧問	毛國樑　律師
總 經 銷	易可數位行銷股份有限公司 地址：231新北市新店區寶橋路235巷6弄3號5樓 電話：+886-2-8911-0825　傳真：+886-2-8911-0801 e-mail：book-info@ecorebooks.com 易可部落格：http://ecorebooks.pixnet.net/blog

出版日期	2016年10月　BOD一版
定　　價	270元

Printed in Taiwan

國家圖書館出版品預行編目

我有罪.我無罪 / 知言著. -- 一版. -- 臺北市 :
要有光, 2016.10
面 ;　公分. -- (要推理 ; 26)
BOD版
ISBN 978-986-93567-3-2(平裝)

857.81　　105018169

讀者回函卡

感謝您購買本書，為提升服務品質，請填妥以下資料，將讀者回函卡直接寄回或傳真本公司，收到您的寶貴意見後，我們會收藏記錄及檢討，謝謝！

如您需要了解本公司最新出版書目、購書優惠或企劃活動，歡迎您上網查詢或下載相關資料：http:// www.showwe.com.tw

您購買的書名：________________________________

出生日期：________年________月________日

學歷：□高中（含）以下　□大專　□研究所（含）以上

職業：□製造業　□金融業　□資訊業　□軍警　□傳播業　□自由業

□服務業　□公務員　□教職　□學生　□家管　□其它____

購書地點：□網路書店　□實體書店　□書展　□郵購　□贈閱　□其他

您從何得知本書的消息？

□網路書店　□實體書店　□網路搜尋　□電子報　□書訊　□雜誌

□傳播媒體　□親友推薦　□網站推薦　□部落格　□其他________

您對本書的評價：（請填代號　1.非常滿意　2.滿意　3.尚可　4.再改進）

封面設計____　版面編排____　內容____　文／譯筆____　價格____

讀完書後您覺得：

□很有收穫　□有收穫　□收穫不多　□沒收穫

對我們的建議：________________________________

____

____

____

請貼
郵票

11466
台北市內湖區瑞光路 76 巷 65 號 1 樓
秀威資訊科技股份有限公司 收
BOD 數位出版事業部

(請沿線對折寄回,謝謝!)

姓　名:________________　年齡:________　性別:□女　□男

郵遞區號:□□□□□

地　址:____

聯絡電話:(日)________________　(夜)________________

E-mail:____